Christiane Herrmann-Lisi

Mondmacht

Christiane
Herrmann-Lisi

Mondmacht

Corona Verlag
Frankfurt am Main

CIP-Titelaufnahme der Deutschen Bibliothek

Herrmann-Lisi, Christiane:
Mondmacht / Christiane Herrmann-Lisi. - Frankfurt am Main
: Corona-Verl., 1989
ISBN 3-921645-26-3

1. Auflage 1989

Umschlag: Christianna Nigl / Christiane Herrmann-Lisi
Druck und Bindearbeit: F. M.-Druck, 6367 Karben
Printed in Germany

ISBN 3-921645-26-3

Inhalt

Einleitung

Dies ist ein Buch über den Mond und seine vielfältigen Einflüsse auf unser Leben.

Ich weiß, die Sonne ist populärer.

Alle Welt liebt ihr Licht, ihre Wärme, und trotzdem ... Einstmals lebten Gesellschaften, die ihm nicht weniger Achtung und Respekt zollten als ihr. Es soll sogar Zeiten gegeben haben, in denen es üblich war, sich auf nächtlichen Wiesen im sanften Silberschein zu monden.

Wußte man früher mehr über seine Einflüsse auf Mensch und Natur?

Je intensiver ich über den Mond und seine Bedeutung für unsere Urvorfahren nachforschte, desto faszinierender erschien mir diese Thematik und ließ mich bald nicht mehr los. Ich stieß auf alte Mythen, Riten und Kulte längst versunkener Kulturen und auf tiefes, sicher zu Unrecht vergessenes Wissen über erloschene Religionen. Ich geriet an dunkle Mondscheinzauber-Grenzbereiche, an skurille alte Rezepte geheimer Mixtinkturen, aber auch an interessante, schon fast verstaubte Heilkunde- und Volksweisheiten, deren erstaunliche Richtigkeit mittlerweile so manches Mal wissenschaftlich bestätigt werden mußte. Ich erkannte, daß Frau Luna speziell zum weiblichen Geschlecht eine besonders innige Beziehung pflegt, ja, daß sie überhaupt für unseren Planeten Erde eine lebenswichtige Nachbarin ist. Und wenn man genau hinschaut, erkennt man auch heute noch blasse Spuren ihrer einstmals ruhmvollen Popularität.

Ihre Symbolik des Wachsens, Sterbens und Neugeborenwerdens, die wohl schon Adam und Eva inspiriert haben mag, nach den Tiefen des Lebens wieder an Höhen, an ein weiteres Dasein nach dem Tod zu glauben, hat uns auch heute noch vieles zu sagen.

Dieses Buch möchte Sie informieren über sehr altes Wissen ebenso wie über neuere wissenschaftliche Erkenntnisse vom Menschen als Kosmosbürger. Es mag gelegentlich ein wenig in die Esoterik und manchmal auch in religiöse Bereiche führen. Es möchte nachdenklich im bezug auf das Kommen und Gehen von Glaubenslehren machen, wird vielleicht den einen oder anderen Leser sogar ein wenig kritisch gegen manche fertig verpackten, absoluten Wahrheitsansprüche heutiger Religionen werden lassen ...

Nur eines, so wünsche ich mir, wird dieses Buch hoffentlich nicht, - Sie langweilen.

Mondverehrung vergangener Kulturen

"Mond, oh Mutter Mond,
Mutter aller lebenden Dinge
höre unsere Stimme, oh Mutter Mond!
Halte die Geister der Toten von uns fern,
höre unsere Stimme, oh Mutter Mond,
oh Mutter Mond ...",

lautet ein altes Beschwörungslied der Pygmäen, eines Stammes kleinwüchsiger Jäger und Sammler, die in Gabun, in Westafrika leben.

Viele wissen es nicht, andere sprechen nicht gern davon, doch Mondmythologien gehen allen Religionen voraus und gehören zu den ältesten religiösen Schöpfungen der Menschheit. "Wie der Mond stirbt und zu neuem Leben erwacht, so werden auch wir Sterblichen neu leben ..." hieß es in den Neumondriten kalifornischer Eingeborener.

Aber nicht nur hier, sondern auf dem gesamten Globus hing man seit Urzeiten solch tröstlichen Gedanken nach.

Mond, oh Mutter Mond ...

Wie den Pygmäen, so galt er vielen anderen Kulturen von jeher weiblich. Milder Silberschein, lange Zeiten hindurch einzigste Lichtquelle in der Dunkelheit gewesen, erinnerte an die fürsorgliche Allgegenwart einer liebenden Mutter, unter deren Aufsicht mit absoluter Verläßlichkeit aus jeder Nacht ein junger, neuer Tag geboren wurde.

Auch die auffällige Ähnlichkeit zwischen vierwöchigem Lichtwechsel und weiblichem Monatszyklus wird den Menschen kaum verborgen geblieben sein, wesbalb man schon sehr früh Fruchtbarkeit, Feuchtigkeit und Geburt, aber auch Visionen nebst Kreativität mit ihm, pardon, mit ihr in Verbindung brachte. Allmählich entwickelte sich der Gedanke, dieses Licht müsse etwas Außerordentliches, etwas anbetungswürdiges Heiliges sein - So ähnlich mag alles begonnen haben.

Archäologen können heute die Vergöttlichung des angefangen Mondes in früher sumerischer Zeit, die bereits im 3. Jahrtausend vor Christus beginnt, bis in die islamische Zeit hinein in ganz Westasien konkret nachweisen.

Aber die Spuren lassen sich noch viel weiter zurückverfolgen. Die wohl ältesten sind bei uns in Europa, in Frankreich, in der Ariège-

Höhle zu bewundern: 12.000 Jahre alte, aus der Steinzeit stammende Höhlenmalereien, die einen Mann darstellen, dessen Kopf sehr deutlich von einer Sichel verziert wird, während seine Gestalt von etlichen Tieren umgeben ist.

Man ist einig, daß es sich hier eindeutig um den Mond als Symbol der Fruchtbarkeit handeln muß.

Wurde er in der Steinzeit schon als Gottheit verehrt?

Und wenn Sie je einmal nach Castellon in Ostspanien fahren, sollten Sie nicht die Gelegenheit versäumen, die aus der Zeit 6.000 vor Christus stammenden Felsbilder in der Gasulla-Schlucht zu besichtigen. Noch mondauffälliger sind die Felsbilder bei Cueva de los Letreros in Almeria - eindrucksvolle Geisterfiguren, die ebenfalls ganz offensichtlich Mondsicheln wie Symbole tragen und circa 3.000 vor Christus geschaffen wurden. Überall auf der Erde schätzten Menschen gekrümmte Hörnerformen hoch ein, weil diese der Mondsichel gleichen. Ob in Kleinasien oder Amerika, ob in Afrika oder England, Italien oder Griechenland, überall finden sich Darstellungen von Tier- und Personengestalten, die mit so auffällig großen, ja, überdimensional betonten Hörnern versehen sind, daß deren mondische Bedeutung nicht verborgen bleiben kann.

Diese Bedeutung hat sich, zumindest in der Welt der Magie, bis heute erhalten. Ob bei den letzten Schamanen, die zu ihren geheimnisvollen Ritualen Geweihe als Kopfschmuck tragen, oder bei den neuen, modernen Hexen, die ihren Gehörnten, den Gott der Fruchtbarkeit, umtanzen und verehren - die alten Symbole tauchen immer wieder auf.

Auch in unserer Zeit existieren etliche Reste einstmals hochangesehener Kultstätten, deren Herkunft und ehemaliger Sinn jedoch weder den vorbeiziehenden Touristen noch den meisten Einheimischen bekannt ist.

Wußten Sie, daß viele große Marienkirchen Europas oft auf oder in unmittelbarer Nähe einstiger Kultruinen längst vergessener Mondgottheiten stehen? So zum Beispiel die Kirche Santa Maria Maggiore auf dem Esquilin in Rom, unter deren Fundamenten Ruinenreste eines Tempels der Göttermutter Kybele ruhen. Weniger als 300 Meter weiter grub man Steine eines alten Tempels aus, der früher einmal der Juno Lucina geweiht gewesen sein soll. Und die berühmte Notre Dame in Paris, "Unsere liebe Frau", wurde 1163 direkt auf den Trümmern eines Heiligtums der Göttin Luteti, auch Lutece genannt, errichtet. Zufälligkeiten oder bewußtes Auslöschen alter Erinnerungen?

Jetzt aber möchte ich Sie von Europa fort zu einer Mondkult-Entdeckungsreise rund um die Erde einladen.

Natürlich würde es niemals möglich sein, alle Mythen, Sitten und Bräuche, Götter und Dämonen vorzustellen, die je mit ihm in Verbindung gebracht wurden. Solche Überlieferungen allein würden schon dicke Bände füllen. So habe ich lediglich die interessantesten für Sie herausgesucht, obwohl die vorliegende Sammlung selbst unter diesem Gesichtspunkt keinen Anspruch auf Vollständigkeit erheben kann.

Ebensowenig läßt sich mit Bestimmtheit sagen, ob die nun folgenden Glaubensinhalte und Traditionen mittlerweile allesamt, vom Mantel unseres aufgeklärten Denkens überdeckt, einer fremden Vergangenheit angehören oder vielleicht dennoch hier und da in vereinzelten Erdregionen weiterpraktiziert werden. Wie dem auch sei, lassen wir jene Weltbilder an uns vorbeiziehen, die, wenngleich sie uns heute fremd und manchmal geradezu unvernünftig erscheinen mögen, dereinst die Seelen unserer Vorfahren beherrschten.

Keinem geringeren als dem Mond hatten es Christoph Columbus und seine Männer zu verdanken, daß ihre letzte große Reise mit einer glücklichen Heimkehr endete. Dabei schien sich Fortuna zunächst einmal von ihnen abzuwenden, denn im März 1509 wurde die gesamte Schiffsbesatzung von Eingeborenen angegriffen, gefangengenommen und kurzerhand zum Hungertod verurteilt. Columbus aber, als erfahrener himmelskundiger Seefahrer bekannt, wußte, daß just eine Mondfinsternis zu erwarten war und erinnerte sich vorheriger Beobachtungen, die auf höchst innige Mondbeziehungen vieler Urstämme schließen ließen. Kühn drohte er deshalb dem Häuptling an, das Nachtlicht fortzuzaubern. Natürlich mochte ihm zunächst niemand glauben. Als sich Frau Luna in der folgenden Nacht aber tatsächlich zu verdunkeln begann, wurden die Einheimischen von panischem Schrecken befallen. Man schleppte Nahrungsmittel herbei, versprach allen Matrosen die Freiheit und beschwor Columbus, den bösen Zauber zurückzunehmen.

Die Silberscheibe gewann - wie könnte es anders sein - ihre Leuchtkraft wieder. Die Spanier aber hißten rasch die Segel und schifften eiligst von dannen ...

Wie bei etlichen Stämme Mittelamerikas verehrte man den Mond auch im Norden.

In Grönland wurde eine Mondgöttin namens "Die-keinen-Mann-nehmen-will" angebetet. Eskimos, das nebenbei bemerkt friedfertigste Volk der Erde, denen selbst das Wort 'Krieg' unbekannt ist, glaubten, auf der Mondtagesseite regiere Himmelsgott Alignak mit Schwester-Gemahlin Titanin-Sedna, während sich ein Stückchen weiter die Seelen der Toten mit Singen, Spielen und Jagen vergnügen. Wenn der große Alignak aus seinem, von stolzen, schwarzköpfigen Hunden gezogenem Schlitten steigt, um just verstorbene Neuankömmlinge vorzustellen, unterbrechen die Toten ihr munteres Treiben, um alle Fremden freundlich zu begrüßen.

Unzählige Geschichten und Mythen ranken um Frau Luna. Kein anderes Gestirn hat Geist und Phantasie der Menschen so sehr bewegt wie sie. Höchst interessant bei all diesen Überlieferungen ist die Tatsache, daß die meisten, von woher sie auch stammen mögen, Ähnlichkeiten in zweierlei Hinsicht aufweisen. Da heißt es zum einen, der Mond sei vor langer, langer Zeit ein sehr schönes Gestirn gewesen, auf dem es auch Leben gab. Zum anderen taucht immer wieder die Behauptung auf, fremde Götter hätten ihn einst als Raumfahrtstützpunkt benutzt.

Für die in Kanada lebenden Haida entsprach "Die-keinen-Mann-nehmen-will" dem männlichen Gott Roong.

Man munkelte, er habe, als es ihn an einem langweiligen Tag nach Gesellschaft lüstete, einen Menschen entführt, der sich bis heute vergeblich freizukämpfen suche. Wenn im Verlaufe der Streitigkeiten ein gefüllter Wassereimer umfalle, regne es auf der Erde.

Weiter südlich pflegten sich kalifornische Indianer unter zunehmender Sichel Bälle zuzuwerfen, um ihr Wachsen helfend zu unterstützen. In einer alten Überlieferung heißt es, die Spielregeln seien vom "Großen Hasen", vom Mond selbst eingeführt worden, der aber statt der Bälle frische Eier benutzte.

Nun denken Sie an das gute, eierversteckende Ostertier Ihrer Kindheit, nicht wahr?

Tatsächlich ist diese Symbolik weltweit verbreitet. Waren Eier von jeher ein Zeichen weiblicher Fruchtbarkeit, so galt der höchst vermehrungsfreudige Meister Lampe vielen Kulturen als ausgesprochenes Mondsymbol, nicht zuletzt deshalb, weil er sich bei Vollmond wie hypnotisiert in Ackerfurchen duckt und nur gebannt auf das Nachtlicht zu starren vermag. Hasen - Eier - Fruchtbarkeit - Sexualität - Neubeginn - Mondlicht, all diese Assoziationen gehören von jeher zum Frühjahr, zum Osterfest, dessen Vorsilbe vermutlich vom Namen der Frühlingsgöttin 'Ostera' abgeleitet wurde, das aber sonst kaum Gemeinsamkeiten mit der heutigen österlichen Kirchenlehre aufweisen kann. Nun, auf solche Zusammenhänge werden wir in späteren Kapiteln ausführlicher eingehen -, denn noch befinden wir uns in der alten Welt.

Nordamerikanische Mandanen beteten ihre "Alte-Frau-die-niemals-stirbt" an. Sie galt als Schutzgöttin des Ackers, besonders des Maisanbaus. Zur alljährlichen Aussaatzeit versammelten sich betagte Stammesgreisinnen, um die Mondgöttin zu imitieren. Das übrige Volk tummelte sich zu ihren Füßen, überreichte Maiskolben, deren Samen unter großem feierlichen Aufwand gesegnet und in die Erde gelegt wurden.

Mexikanische Riten verliefen weniger harmonisch. Von "Teteoinnan" hieß es, sie dürste nach Blut. Auserwählte Stammesglieder köpften eine Frau, deren abgezogene Haut ein Mann anlegen mußte, um somit die regelmäßige Wiederkehr der Mondin, der erstandenen Göttin, darzustellen.

Von Mexiko ist es, zumindest auf der Landkarte, nur ein Sprung bis nach Kolumbien, wo die Uitoto leben. Ur-Hauptgott "Mona" wurde als personifizierte Schaffenskraft, als allwissend-weiser Vorfahre verehrt. Hiesige Krieger kämpften niemals nachts. Grelle Sonnenstrahlen schienen ihnen ein passenderer Rahmen für kriegerische Auseinandersetzungen zu sein. Sie wähnten, in der heiß-feurigen Himmelsscheibe ein Halsband aus Zähnen erlegter Feinde erkennen zu können, und eine noch ältere Überlieferung raunte, der Sonnengott selbst habe den guten Mond geköpft, um sich mit dessen Kauwerkzeugen zu schmücken.

Matriarchatsforscher können im Mythenschatz der Uitotos viele interessante Hinweise finden.

Tatsächlich werden Sonnenreligionen von manchen Historikern mit Kriegen und kämpferischen Eroberungszügen in Verbindung gebracht, während man Mondreligionen eher als Geistesprodukte friedlicher Mutterherrschafts-Epochen sieht, die es übrigens heute noch in manchen Stämmen Afrikas und Melanesiens gibt. Aber trotz verlorener Zähne blieb der Mond in den Augen der Uitotos dennoch der Überlegen-Stärkere. "Er war ja früher die Sonne," hieß es.

"Weil er jedoch nicht wärmte, wurde nur der Name geändert."

Haben Sie schon von der Chimu-Kultur gehört, die zwischen 600 und 1460 an der Nordküste Perus blühte?

Obwohl längst versunken, wissen wir heute viel von diesem ehemals hochzivilisierten Indianervolk. Chimus waren nämlich Meister im Töpfern von Vasen, die sie kunstvoll mit Alltagsszenen bemalten. Dank günstiger Bodenverhältnisse stießen Archäologen auf viele gut erhaltene Funde, deren schönste Exemplare nun die großen Museen der Welt bereichern und ihren Besuchern vom Leben jener Zeit erzählen.

Immer wieder finden sich religiöse Motive. Wir sehen "Si", den Mondgott, mit 12-zackiger Federkrone gleich den 12 Jahresmonden auf dem Haupt, souverän auf einer Balsa über den Himmelsozean schaukeln. Auf anderen Vasengemälden überquert er den Horizont in einer sichelförmigen Barke, die, als Zeichen seiner Herrschaft über Feuchtigkeit und Fruchtbarkeit, mit taugefüllten Krügen beladen ist. Auf einem mächtigen Schlangenrücken nimmt er hoheitsvoll die Huldigungen anderer Götter an, die ihm mit gefüllten Pokalen entgegenschreiten.

Auf wieder anderen Darstellungen werden die Sänften des "SI" von hundeähnlichen, jedoch wie Menschen gekleideten Wesen getragen. Hunde, Wölfe und Füchse galten den Chimu wie den Mexikanern als Mondtiere. Weil sie ihn nachts anheulen?

Etliche Indianerstämme räumten ihnen einen höchst wichtigen Platz in der Schöpfungsgeschichte ein. Man hing der Vorstellung nach, der Mensch stamme nicht vom Affen, sondern vom Hund ab. Nur ginge im Laufe der Entwicklung, als vermutliche Folge des aufrechten Sitzens, unser schöner buschiger Schwanz verloren, weshalb man sich heute, wenigstens bei Festen und Feiern, mit einem provisorischen Ersatzschwanz begnügen müsse. Schwanzbehaftete Menschendarstellungen finden sich nicht nur auf Chimu-Gefäßen, sondern auch auf Bildern kalifornischer Indianer, sie tauchen in altägyptischen Berichten ebenso wie auf vorhistorischen schwedischen Felszeichnungen auf. Von den Mexikanern weiß man, daß sie, sobald der Sommerregen länger als gewohnt ausblieb, dem Mond mit der Bitte um Wetterumschwung unbehaarte Hunde zu opfern pflegten.

Aber zurück zu den Chimu. Sie hatten mehr als jedes andere Volk unter Trockenheit zu leiden, denn die schmale Küste Nordperus gehört zu den niederschlagärmsten Gebieten der Erde. Dennoch litten Chimus keine Not, weil sie sich mittels klug angelegter Bewässerungssysteme - langer Kanäle und Leitungen - zu helfen wußten. Verständlich jedoch, daß sie den Sonnenanbetungszeremonien ihrer Nachbarn nicht viel abgewinnen konnten.

Erschien nicht an manch hellichten Tagen die blasse Silberscheibe Sins, wie um zu zeigen, wer der Allgegenwärtige, der wahrhaft Überlegene sei? Verfinsterte der Mond nicht oftmals die Sonne, während diese ihn niemals zu verdunkeln vermochte?

So fanden bei Sonnenfinsternissen große Feste zu Ehren des Mondes statt, auf denen man ausgiebig seinen offensichtlichen Sieg feierte, während Mondfinsternisse nur Grund zu trauerumflorten Klagetänzen boten. Sein Verschwinden wurde lediglich zur Neulichtzeit begrüßt, glaubte man doch, Sin nutze diese Stunden, um böse Diebe im Jenseits zu bestrafen.

Einbruch galt den Chimu, die weder Türen noch Schlösser an ihren Häusern kannten, als schlimmes Vergehen, das nur mit drastischen Strafen gesühnt werden konnte. Wurde ein Verlust gemeldet, brachte die versammelte Gemeinschaft dem Mond Opfer und bat, den Übeltäter zu überführen, der schließlich samt seinen Komplizen und Mitwissern kopfunter fast bis zum Ersticken aufgehängt wurde.

In den vielen übers Land verteilten Tempeln und Pyramiden, die man "Si-an" gleich "Haus des Mondes" nannte, lebten geweihte Jungfrauen, die das ehrenvolle Amt der Mondpriesterinnen bekleiden durften. Sie nahmen eine gesellschaftliche Spitzenstellung ein und wurden so hoch geschätzt, daß es - selbst wenn sie nur einfachster Herkunft waren - höchstens dem König gestattet wurde, eine von ihnen zu heiraten. Priesterinnen, die sich als unwürdig erwiesen, die sich in einen gewöhnlichen Mann verliebten oder gar ihre Reinheit aufgaben, wurden zum Tode verurteilt und unter lautem Geschrei nebst vielen Verwünschungen vom höchsten Gipfel der Berge gestoßen. Nicht viel besser erging es dem Liebhaber; man band ihn den Vögeln zum Fraße vor, und hoffte, ein Dämon würde kommen, um seine mondschändende Seele davonzutragen.

Dank der Vasenmalereien sowie zahlreicher Aufzeichnungen späterer Mönche und Missionare ließen sich auch einige Opferriten in Erfahrung bringen. So wissen wir, daß sportliche Wettläufe im Mittelpunkt etlicher Kulthandlungen standen. Dabei trugen die Läufer, die über Berg und Tal zu einer großen Tempelpyramide spurteten, kostbaren prunkvollen Kopfzierrat und hielten ein mit Bohnen gefülltes Säckchen in den Händen, um den Lauf der sichtbar himmlischen Götter nachzuahmen und die Fruchtbarkeit der Felder magisch zu beeinflussen.

Blieb der Segen dennoch aus und drohten der Gemeinschaft ernsthafte Gefahren, griff man jedoch zu weitaus drastischeren Maßnahmen.

Wir kommen nun zu einem sehr dunklen Punkt der Chimu-Kultur, zu den Menschenopfern. Ich habe lange überlegt und mit mir gerungen, ob ich auf jene nach unserem Empfinden verabscheuungswürdigen Einzelheiten eingehen oder es mit dem simplen Satz "Menschenopfer fanden auch statt" genug sein lassen sollte.

Menschenopfer hat es zu fast allen Zeiten und in nahezu allen Kulturen gegeben. Immer sollten sie die Bitte um Fruchtbarkeit und Leben wirksam unterstützen helfen. Dabei glaubte man, je heiliger und geliebter das Opfer war, je schmerzlicher der Verlust den Hinterbliebenen schien, desto stärker und langanhaltender müsse die als Gegenleistung zurückfließende Lebensenergie sein. Ein Handel. Die uralte Idee: Geb ich dir dieses, gibst du mir jenes. Gedanken, die aber gleichfalls von einem tiefen Glauben an die Allmacht des Göttlichen zeugen und sicher ebenso das Vertrauen auf ein jenseitiges Weiterleben der Geopferten einschlossen.

So etwa dürfen wir uns die schrecklich anmutenden Riten erklären, bei denen fünfjährige Kinder um reicher Ernte und ruhigen Meeres willen in den Häusern des Mondes getötet wurden. Ob sich die Mütter schützend vor ihre kleinen Söhne und Töchter gestellt haben mögen?

Von den Chimu weiß man, daß sie ihren Bedarf an Opferblut auch mit Gefangenen zu stillen pflegten, die auf eigens zu diesen Zwecken inszenierten Kriegszügen erobert wurden. Nackt, mit gebundenen Händen erwarteten diese den Tod, während Priester und Priesterinnen in nächtlicher Stunde Gesichter und Arme beschwörend gen Himmel hoben, um alle Göttergunst zu erflehen. Nach der Vollstreckung wurde das Blut der Getöteten in großen Schalen den Seeadlern angeboten, die als Schutzgeister der eigenen Krieger galten.

Nun möchte ich es mit Schilderungen dieser Art genug sein lassen. Wenden wir uns einer anderen hochinteressanten Kultur, den Nachbarn der Chimus, den Inkas zu.

Sie sind eigentlich eher als Sonnenanbeter denn als Mondkultanhänger bekannt geworden. So galt der stets amtierende König als "Kind der Sonne", als menschgewordene Gottheit, und um ihren einstmals prächtigen Sonnentempel in Cuzco, auf dessen Fundamentresten heute christliche Kirchen thronen, ranken noch immer legendäre Erzählungen.

Die Inkas verehrten viele Götter. Sie waren ein kampffreudiges Volk, das die Kulte der eroberten Untertanen, zu denen schließlich auch die Chimu zählten, beflissen in die eigene Religion integrierte, um fremde himmlische Hoheiten nicht zu verärgern. Sie beteten zu Niracocha, der als Schöpfer von Sonne, Mond und Sternen gepriesen wurde, zu Sua, dem Sonnengott, zum Erdgott Chipchacum, zu Bochica vom Regenbogen und etlichen anderen mehr.

Man mag über derartig religiöse Vielförmigkeiten lächeln -, ich glaube, diese Götterfülle war den damaligen Menschen eine Art Versicherung, eine Rückendeckung; hatte man den Unmut des einen auf sich gezogen, blieben noch immer genügend andere, von denen notfalls doppelter Schutz und Beistand erhofft werden konnte.

Aber trotz aller Sonnenliebe nahm der Mond auch für die Inkas eine nicht unbedeutende Stellung ein, ja, manche Historiker glauben gar, daß selbst hier lunare Kulte vor Sonnenkulten präsent waren.

Besonders die Küste galt als Domäne der Mondgöttin, der Chia, der "Mama Quilla", der Mutter Mond. Sie wurde als silberne Scheibe mit menschlichen Zügen dargestellt und als mächtige Schutzherrin aller verheirateten Frauen verehrt.

Touristen können im Titicacasee die Mondinsel "Coati" besichtigen, von deren verfallenem Tempel man zwar nicht exakt weiß, ob er einst als Kultstätte oder als astronomischer Beobachtungsposten diente, der aber Berichten alter Geschichtsschreiber zufolge in seiner Glanzzeit mit edlen, kunstvollen Silberplatten verziert gewesen sein soll. Nahe dem heute von spanisch sprechenden Indianern bewohnten Dorf Moche befinden sich Reste zweier unterschiedlich großer Lehmziegelpyramiden, von denen die kleinere immerhin noch stolze 21 Meter Höhe mißt und als Mondpyramide gilt. Leider läßt sich die Schönheit der Wandmalereien, die von Flugsand, Nebel und Menschenhand zerstört wurden, kaum noch erahnen.

Hört man von der Inkakultur, kommen einem Bilder von Reichtum und sagenumwobenen Schätzen in den Sinn. Auf der peruanischen Hochebene soll es ein prächtiges Kloster nebst prunkvoller Einrichtung aus purem Gold gegeben haben. Hier lebten die Sonnenjungfrauen, deren erste Aufgabe es war, die heilige Flamme, die nur einmal jährlich zur Sommersonnenwende mit einem Hohlspiegel direkt an den göttlichen Strahlen entzündet werden durfte, zu bewachen. Hochgeachtet wie jene bereits erwähnten Mondjungfrauen der Chimu, woben sie zudem weiße Wollgewänder für das Königshaus, bereiteten Wein und Brot für heilige Zeremonien vor und pflegten ihre magischen Riten.

Doch trotz allen Sonnenfeuers, trotz allen sonnigen Goldes - auch hier wurde Mondin nicht vergessen. Alljährlich schritten die Priesterinnen, Mama Quillas kühles Silberbild feierlich auf den Schultern tragend, zum Sonnentempel hinauf, um für Fruchtbarkeit und Leben der Erde zu danken.

Wie überall, wo Göttinnen angebetet wurden, wirkte sich die Hochschätzung des weiblichen Prinzips auch in Peru äußerst positiv auf die gesellschaftliche Stellung der Inkafrauen aus. Sie genossen hohes Ansehen. Man wähnte, eine geheime Verbindung zwischen der Natur und von Frauen hergestellten Gegenständen wahrnehmen zu können. Kaum jemand hätte es hier gewagt, gegen weibliche Eigentumsrechte zu verstoßen, bis die Spanier ins Land fielen.

Die spanische Konquista raubte die alten Schätze, zerstörte die großen Bauten und erklärte die indianischen Völker zu mehr oder weniger rechtlosen Untertanen.

Mit den Spaniern zog der Katholizismus ein. Als erklärtes Ziel galt es nun, den "heidnischen Irrglauben" gründlichst auszurotten. Eine große "Reinigungsaktion" begann. Christliche Priester und Mönche machten sich eifrig ans Werk, "die Wilden" zu bekehren. Tempel und Heiligtümer wurden systematisch niedergerissen, Idole, Mumien und Götterbilder auf riesigen Scheiterhaufen verbrannt. In Sachen Hinrichtung und Verbrennung hatten die Christen schon einige Erfahrungen sammeln können, bekamen doch die Frauen Europas gerade die ersten Auswirkungen der Hexenverfolgungen zu spüren.

Wir wissen heute, daß sich die Christianisierung auch in Südamerika nicht ohne Tränen und Blutvergießen durchsetzen konnte. Auf den alten Mauerresten wurden triumpfreich neue Kirchen und Klöster errichtet.

Dennoch - einige Einheimische der nordperuanischen Küstenregionen sollen ihrem Mondkult trotz allem bis ins 16./17. Jahrhundert hinein die Treue gehalten haben, dann hatte die christliche Kirche auch hier gesiegt.

Im Gegensatz zu geschichtlich belegbaren Tatsachen, stehen hinter den Mythen keine greifbaren Fakten. Diese seit Jahrtausenden von Generation zu Generation weitergegebenen Überlieferungen, muten uns heute nur noch phantasievoll-märchenhaft an, denn ihre verschlüsselten Aussagen lassen sich kaum noch verstehen. Wie etwa jener Mythos, in dem Sonne seiner Nachbarin Mond Asche ins Gesicht streute, weil er ihren Glanz neidete.

Darf man dies als eine Anspielung auf die von Männern herbeigeführte Unterdrückung der Frauen, also eine Anspielung auf den Sieg des Patriarchats über das früher sehr mächtig gewesene Matriarchat interpretieren? Ich glaube ja.

Aber nicht immer sind hintergründige Botschaften derart offensichtlich.

Mondflecken, auch für uns mit bloßem Auge erkennbar, haben die menschliche Phantasie wieder und wieder angeregt.

Die Jamundas in Brasilien erzählten sich, jene leicht dunklen Stellen zeigten die Umrisse eines Mädchens, das sich einst in den eigenen Bruder verliebte, diesen heimlich besuchte und verführte. Der aber entlarvte das schändliche Tun seiner Schwester, indem er mit geschwärzter Hand über ihr Gesicht fuhr - ja, und da hockt sie nun beschämt im Mond, die Arme.

Aus der gleichen Gegend stammt eine ähnliche Version, in der die Frau aber nicht als lüsterne Verführerin, sondern als Opfer dargestellt wird. Hier wird ein Mädchen nachts in aller Stille von einem anonymen Liebhaber besucht und beglückt. Weil sie verständlicherweise den großen Unbekannten zu erkennen wünschte, schwärzte sie seinen Rücken und mußte am nächsten Morgen entsetzt entdecken, daß der Fremde kein anderer als der eigene Bruder war. Beschämt flohen beide gen Himmel, wo sie sich zur strahlenden Sonne entwickelte, während der Bruder-Geliebte in den leicht angefleckten Mond verwandelt wurde.

Wir machen einen Sprung nach Neuguinea, wo die Papuas als Pflanzenbauer, Jäger und Fischer leben und heute noch ausgeprägten Ahnen- und Zauberkult pflegen. Wie entstand nach ihrem Weltverständnis das Nachtlicht?

Vor langer Zeit entdeckte ein Mann beim Graben einen undefinierbaren glänzenden Gegenstand. Als er ihn in die Hände nahm, begann er zu wachsen. Er schwoll und schwoll, bis er ihm schließlich aus den Fingern glitt und zum Himmel abhob, wo er nun des Nachts als Goldmond zu bestaunen ist. Die Papuas mutmaßten weiter, das Licht würde heute sicher wesentlich heller scheinen, hätte es länger im Boden ruhen und auf natürliche Weise herauswachsen können.

Andere neuguinaeische Stämme meinten, der Mond sei ursprünglich ein runder, simpler Spielzeugball gewesen. Da Sonnengott Waneka es aber leid war, den Erdbewohnern Tag und Nacht leuchten zu müssen, überredete er deren Kinder, einen Ball emporzuwerfen, den er auffing und flugs zu einer nächtlichen Notbeleuchtung umfunktionierte.

Mit Nachforschungen begonnen, stößt man immer wieder auf neue, manchmal ganz unvermutet aufschimmernde Spuren, die auf den einstmals wichtigen Stellenwert Lunas weisen.

Es gilt als sicher, daß sie in Kambodscha nicht nur als Herrscherin des Wachstums, sondern ebenso als Beschützerin alles Lebendigen verehrt wurde. Bei Vollmond glaubte man, sich begründete Hoffnungen auf positive Wendungen machen zu dürfen, und ich kann mir sehr gut vorstellen, daß diese Idee gefühlsmäßig heute noch in vielen Menschen dieses Erdteils weiterlebt.

Und jetzt zur Geschichte des Meister Stinkers. Jawohl, Sie haben richtig gelesen. Wir sind in Burma angelangt, wo noch heute folgende alte Erzählung gelegentliche Runde macht: Eine sterbende Großmutter hinterließ ihrem Enkelsohn einen abgenutzten Mörserstößel, mit dem der junge Mann zwar nicht viel anzufangen wußte, ihn aber trotzdem in Ehren hielt und stets bei sich trug. Eines Morgens begegnete ihm eine Schlange und bat, sich den Stößel ein Weilchen ausleihen zu dürfen. Als der Junge verwundert nach dem Grund fragte, erklärte sie, mit diesem Teil ihren toten Gefährten zu neuem Leben erwecken zu wollen. Natürlich war der Bursche skeptisch, wußte er doch nichts von derartigen Kräften. Als die Schlange aber von ihrer Bitte nicht abließ, gab er schließlich nach und folgte ihr. Tatsächlich wurde das tote Tier allein durch das Halten des Stößels vor die Nasenlöcher erneut beseelt. "Nun weißt du dein Erbe anzuwenden; aber achte, niemandem dein Tun zu erklären, sonst geht der Zauber verloren", gab ihm die Schlange als Mahnung und Dank auf den Weg.

Nachdem er ins Heimatdorf zurückgekehrt war, stieß der Junge auf den schon übel riechenden Kadaver eines Hundes. Ohne lange zu überlegen hielt er, neugierig und fasziniert zugleich, auch diesem den Stößel unter die Schnauze, und, jawohl, der Hund begann zu atmen, erhob sich, folgte ihm freudig schwanzwedelnd und wurde bald sein treuester Freund. Noch lange den penetranten Kadavergestank in der Nase, nannte der Bursche ihn scherzhaft 'Meister Stinker'.

Die beiden zogen durchs Land, heilten viele Menschen und schenkten etlichen Toten das Leben zurück, was schließlich dem König zu Ohren kam. Da er gerade vom Sterben der eigenen Tochter tief getroffen war, bat dieser den Fremdling um Hilfe. Als das Mädchen bald darauf wieder die Augen aufschlug, gab er sie hocherfreut ihrem Retter zur Gemahlin. Aber auch als glücklicher Ehemann behielt unser Freund das Geheimnis um sein wundersames Erbe für sich.

Eines Nachts nun kam ihm der Gedanke, die unsichtbare Kraft des Mörsers könnte, in regelmäßigen Abständen eingeatmet, vielleicht ihm und seiner geliebten Frau ewige Jugend verleihen. Heimlich hielt er das Teil ihr und sich selbst unter die Nase, und nach Wochen schien keiner von beiden auch nur eine Spur gealtert zu sein. Das bemerkte der Mond und wurde sehr eifersüchtig. "Alles außer mir wird älter und stirbt. Sogar die strahlende Sonne muß schließlich untergehen, es ist nicht gut, daß ein Sterblicher diesen Stößel besitzt", dachte er und machte sich auf den Weg zur Erde.

Der junge König hatte indes das Wunderstück gewaschen und wollte sein Trocknen just auf einer Wiese bewachen, als die Gattin ihn ins Haus rief. Der Mond beobachtete, wie Meister Stinker beauftragt wurde, die Aufsicht zu übernehmen, und hielt jetzt seine Stunde für gekommen. Unsichtbar, denn es geschah an einem hellen Tag, eilte er hinzu, packte den Mörser und lief davon. Der gute Hund, der den Fremden zwar nicht sehen, wohl aber das begehrte Beutestück riechen konnte, jagte bellend hinterdrein und folgt ihm bis heute noch dicht auf den Fersen. Weil er dabei aber auch stets ein bißchen am Stößel schnuppert, bleibt er ewig jung und unsterblich. Manchmal gelingt es ihm sogar, den Mond zu verschlingen. Aber er muß ihn stets wieder ausspeien, weil die runde Goldkugel für seinen Rachen viel zu groß ist.

Und wenn die Burmesen eine Mondfinsternls beobachten, heißt es selbst in diesen Tagen noch manchmal "Seht nur, Meister Stinker hat wieder den Mond verschluckt!"

Verweilen wir noch ein wenig bei dem Gedanken an Unsterblichkeit.

Jeder wird schon von der indischen Lehre der Reinkarnation, von Seelenwanderung und Wiedergeburt gehört haben. In den Upanischaden, jenen vorchristlichen, den indischen Weden beigefügten Texten läßt sich eine ähnliche, höchst interessante Theorie nachlesen: "Der Mensch geht nach dem Tode zum Mond, um von dort in den Äther, dann in die Luft, schließlich in Rauch, Nebel und Wolke überzugehen. Als Regen sinkt er zur Erde, geht in die Erde, wird als Reis, Gerste, Sesam, Bohnen und in den Bäumen wiedergeboren. Menschen und Tiere verzehren die Früchte, der aus der Nahrung entstandene Same ergießt sich in den Mutterschoß, und ein neuer Mensch tritt ins Leben."

An dieser Überlieferung sehen wir, welch wichtige Rolle der Mond als erste Todesstation gespielt haben mußte. Wie oft werden Hinterbliebene nach dem schmerzlichen Verlust eines geliebten Menschen sehnsuchtsvoll sein Licht am Himmel gesucht haben?

Wurde er im Sanskrit als "Herr der Kräuter" benannt, wobei man sicherlich an Heil- und Zauberkräuter dachte, widmete ihm die Rigweda, die älteste schriftliche Überlieferung indischer Religionsphilosophie, gar ein ganzes Kapitel.

Die frühen indischen Gelehrten setzten den Mond nämlich ihrem hochheiligen Soma gleich; Soma, eine kostbare Pflanze, die allen wichtigen Weihespenden beigefügt wurde, und deren gegorener Saft als göttlich galt. Soma, sprich Mond, symbolisierte den Sieg über den Tod. Soma verhieß Unsterblichkeit all denen, die von ihm tranken, ähnlich etwa dem im christlichen Abendmahl umgewandelten Wein in Blut Jesu.

In den Puranas heißt es wörtlich: "Möge der Gott Soma, der der Mond genannt wird, mich befreien ... Dank Soma sind die Aditys (Adytons) mächtig; dank Soma ist die Erde groß, und Soma befindet sich inmitten der Sterne. Wenn die Pflanze zermalmt ist, halten die,

die davon trinken, sie für Soma, aber keiner kann trinken, was die Heiligen als Soma betrachten." Lesen wir dies, erscheint es nur allzu verständlich, daß man dem Mond auch im indischen Alltagsleben größte Achtung zollte.

Wasser, eine volle Nacht hindurch seinen Silberstrahlen ausgesetzt, verwandle sich in ein hochwirksames Heilmittel gegen Krankheiten wie Mond- oder Schwindsucht raunte das Volk. Tatsächlich findet sich die Vorstellung, daß Mondstrahlen kraft- und lebensspendend, mondbeschienenes Wasser wundersam und heilkräftig sei, auf der ganzen Welt wieder.

Bitte nicht lächeln, denn die moderne Psychologie bestätigt, daß ein starker, unbeirrbarer Glaube selbst simplem Regenwasser weitreichende Einflüsse zu verleihen vermag.

Aber zurück zur Lunaliebe der Inder.

Hier durfte die junge Sichel niemals beschuht, sondern nur auf nackten Füßen betrachtet werden, wobei als Zeichen tiefer Bewunderung ein Zeigefinger zwischen die Augenbrauen zu halten war. Als äußerst sündhaft galt es, sich im Gestirn zugewandter Stellung gewisser unvermeidlicher Geschäfte zu entledigen, hieß es doch in der Tchimschian Sage: "Ihr sollt zu mir beten, und ihr sollt den Mond nicht ansehen, wenn ihr am Ufer sitzt und eure Notdurft verrichtet."

Ja, und daß es, selbst wenn es aus noch so heller Begeisterung heraus geschähe, nicht erlaubt war, mit bloßem Finger auf ihn zu zeigen, versteht sich hier fast von selbst; ein Verbot, das ebenso in China, Griechenland und Deutschland Beachtung fand.

Allergrößte Aufregung herrschte jedoch stets dann, wenn Mond oder Sonne zu verfinstern drohten. Abrupt wurde das tägliche Leben unterbrochen, galt es nun zu retten, was zu retten war, und obigen Göttern erste Hilfe zu leisten. In ganz Indien wurden hektische Maßnahmen getroffen. Sämtliche Wasserkrüge entleert, damit nicht etwa ein Dämon hineinfahre. Familienpriester streuten, eifrig Beschwörungsformeln vor sich her murmelnd, schutzbringende Kuscha-Gras-Blätter vor die Hausschwellen. Eiligst geschöpftes, heiliges Gangeswasser wurde dem Trinkwasser und allen Speisen beigefügt, die keinesfalls in dieser von Unheil geschwängerten Zeit genossen werden durften. Waren alle erforderlichen Vorkehrungen erfüllt, unterzog man sich samt den Hausgöttern einer gründlichen Reinigung. Schließlich sammelten sich beachtliche Menschentrauben an besonderen Plätzen des Landes, um mit vereinten Kräften, mit Lärmen und Schießen, zur allgemeinen Gegenoffensive überzugehen, wobei es den Frauen vorbehalten blieb, unterstützend und machtvoll spektakelnd mit metallenen Pfannen zu klappern - bis der Mond da capo siegreich zum Vorschein kam. Langsam gewannen die Inder ihre Fassung zurück. Allmählich lief das Alltagsleben in den gewohnten Bahnen weiter.

Und nun folgt eine Erzählung, die Ihnen sicher bekannt vorkommt: Eine Frau wacht auf. Sie entwickelt sich zu einer starken, emanzipierten Persönlichkeit. Ihr Ehemann beobachtet diesen Werdegang mit zunehmender Skepsis. Unwillig muß er erkennen, daß sie nicht mehr schutzsuchend zu ihm aufschaut, mehr sich selbst als ihm gehört und nicht mehr bereit ist, ihm zu dienen. Schließlich weiß er sein vermeintliches männliches Recht nur noch durch körperliche Gewalt zu erzwingen. Seine Gattin flieht. Sie läßt sich an einem ruhigen, frauenfreundlichen Platz nieder und baut eine eigene Existenz auf. Bald aber hat der räumliche Abstand die erhitzten Gemüter abgekühlt. Man trifft sich wieder. Allmählich lernt ER, SIE als ebenbürtige Gleichberechtigte zu akzeptieren. Doch, obwohl es zu einer Aussöhnung kommt, mag die Frau ihr neues Lebensgefühl, ihre mittlerweile liebgewordene Freiheit nicht mehr aufgeben. Getrennt lebend bleiben sie gute Freunde.

Eine Ehegeschichte unserer Tage mit modernem Happyend? Keineswegs. Denn dies ist der Inhalt einer uralten chinesischen Mythe: Chang-o, die Göttin des Mondes, fürchtet den Zorn ihres Gatten, des Bogenschützen I, weil sie verbotenerweise dessen Droge der Unsterblichkeit geschluckt hatte. Sie flüchtet zum Mond. Später versöhnen sich beide. Er besucht sie oft und gern in ihrem prächtigen Mondpalast.

"Im Himmel gibt es Sonne und Mond, auf der Erde gibt es (dementsprechend) Ying und Yang", kann man im 27. Kapitel des T-ien-kuan shu im Shih-chi nachlesen. Der Mond aber galt den Chinesen seit frühester Zeit als die Verkörperung des weiblichen Weltprinzips Ying. Was er ihnen noch bedeutete? Volkstümliche Kreise glaubten einen lieben, gütigen alten Mann zu erkennen, der insgeheim passende Ehepartner aussucht. Heimlich, von allen unbemerkt, wickelt er rote Zauberfäden um ihre Füße, so daß die füreinander bestimmten mit absoluter Verläßlichkeit, ungeachtet aller Hindernisse, stets zusammenfinden und ein Paar werden.

Ganz anders empfanden die Letten. Sie versuchten, den Mond für ihre kriegerischen Zwecke einzuspannen, sahen sie in ihm doch selbst einen tapferen Kämpfer, der unermüdlich, niemals aufgebend sein Territorium behauptete. Heroisch rief man ihn zur Kriegsfahnenweihe wie auch zu Beginn aller Feldzüge an. Mehrere hundert alte Volkslieder, Gebetstexte und magische Beschwörungsformeln bezeugen seine einstige Zentralstellung innerhalb der altlettischen Religion.

Unsere Reise führt weiter - mitten hinein ins antike Germania. Die Germanen mochten sich auf keinen mysteriös-schleierhaften Wunderglauben einlassen und verehrten deshalb nur sichtbare oder wenigstens hörbare Naturkräfte wie Donner, Sonne, Feuer und andere handfeste Gewalten.

Wir wissen, daß Things, die regelmäßig abgehaltenen Volks- und Gerichtsversammlungen, bei zunehmender Sichel oder Vollmond abgehalten wurden, denn man glaubte, in der anwachsenden Phase am ehesten auf positive Wendungen hoffen zu dürfen; ein gutes Omen, das unbedingt zu sichern galt. Diese, durchaus nicht nur in Deutschland verbreitete Vorstellung, hielt sich bis in das tiefe Mittelalter hinein. Auch hier wartete man erst einmal das Erscheinen des Neulichtes ab, ehe Hochzeiten gefeiert oder Grundsteine für neue Bauten gelegt wurden. Ebenso achteten die Menschen das Gebot, niemals bei abnehmendem Mond bzw. vor Neumond zu kämpfen, eine Regel, die den alten Germanen jedoch nicht immer Glück brachte.

Im Jahre 58 vor Christus versuchte Heerführer Ariovist, just aus solchem Grunde eine fällige Entscheidungsschlacht gegen die Römer hinauszuschieben. Cäsar, dem das zögernde Verhalten seines Gegners äußerst merkwürdig vorkam, horchte einige Kriegsgefangene aus und erfuhr, die Nordländer glaubten, es sei ihnen nicht beschieden vor Neumond zu gewinnen. Für diese Einstellung hatte Cäsar größtes Verständnis, plante er seine Unternehmungen doch selbst nach Mondstand. Da ihm und seinen Landsleuten aber nun die Zeit nach der vollen Scheibe für Zerstörungs- und Abbauarbeiten als besonders günstig galt, ließ er hurtig zum Angriff blasen und siegte mit Glanz und Gloria.

Diese Geschichte ist kein Einzelfall. Es gibt etliche historische Mitteilungen, nach denen Schlachten und Feldzüge nachweislich verschoben wurden, weil der Mond die angeblich richtige Rundung noch nicht erlangt hatte.

Aber lassen wir die Kriege.

Könnten Sie sich vorstellen, an einem lauschigen, klaren Abend ein fröhliches Mondscheinfest zu feiern, die Nacht, vom Silberlicht stimuliert zu erleben?

Dabei hat sich die alte heidnische Sitte, Feste in der Vollmondzeit zu feiern, eigentlich bis zum heutigen Tage erhalten.

Ostern fällt jedes Jahr auf ein anderes Datum, nämlich auf den ersten Vollmond nach der Frühlings-Tagundnachtgleiche, die bei uns eher als Frühlingsanfang bekannt ist. "Praktischerweise" werden die Feiertage dann jedoch auf das darauffolgende Wochenende verschoben, schließlich soll nicht soviel Arbeitszeit verloren gehen. Schon die heidnischen Germanen feierten ihr Osterfest. Lange vor der Entstehung des Christentums huldigten sie in einer tiefreligiösen Frühlingsfeier den Mysterien der Erdgeburt.

Man empfand die Zeit, in der sich der Boden öffnet, um neues Leben freizugeben, in der das allgemeine Blühen und Wachsen zart beginnt, gleich einer Auferstehung und brachte Freude, Ehrfurcht und Dankbarkeit durch verschiedenste Kulte und Riten zum Ausdruck. So war die Frühlingszeit der "Großen Mutter", der Erde, geweiht, welche die Menschen im Norden als "Nerthus" und im Süden als "Hertha" anriefen. Ihre Bilder und Statuen wurden in heilig-geweihten Hainen aufbewahrt. Tacitus, ein römischer Geschichtsschreiber, berichtete 98 nach Christus im 40. Kapitel seiner berühmten "Germania"-Schrift über einen germanischen Frühlingskult, der zu diesem Zeitpunkt bereits als uralt galt und nur noch symbolisch praktiziert wurde. Seine Übersetzung lautet: "Auf einer Insel des Meeres liegt ein heiliger Hain, in welchem sich ein geweihtes Gefährt befindet, das mit einem Tuch verhüllt ist. Nur ein einziger Priester darf es berühren. Er erkennt, wenn die Göttin in dem Heiligtum anwesend ist und geleitet sie mit großer Verehrung auf einen Wagen, der von Kühen gezogen wird. Nun finden frohe Festtage an allen Orten statt, die die Göttin ihres Besuches und Aufenthaltes würdigt. Die Menschen beginnen zu dieser Zeit keinen Krieg und verschließen ihre Waffen und streben nur nach Ruhe und Frieden, bis die Göttin, des Umgangs mit den Sterblichen satt, von dem Priester in ihr Heiligtum zurückgeleitet wird. Dann werden der Wagen, das Tuch und, falls man das annehmen kann, auch die Göttin selbst in einem verborgenen See gewaschen. Den Dienst verrichten dabei Sklaven, die alsbald der See verschlingt. Daher walten himmlischer Schrecken und ein heiliges Dunkel über einem Wesen, das nur Todesopfer schauen."

Tatsächlich nimmt man heute an, daß zu jener Zeit Hochzeiten nebst allen nachsichziehenden Vergnügungen ausschließlich dann stattfanden, wenn Nerthus oder Hertha im Lichte des Frühlingsvollmondes anwesend waren. "Echte, wohlgeborene Germanen" kamen deshalb stets im Dezember zur Welt.

Nun, das ist alles lange, lange her.

Wohl nicht ganz so alt sind die folgenden Erzählungen. Im Handbuch des Deutschen Aberglaubens habe ich eine originelle köllsche Geschichte gefunden, die ich den Liebhabern des rheinischen Dialekts nicht vorenthalten und deshalb unverfälscht wiedergeben möchte:

"Die Jungfrau Maria sendet eines abends das Jesuskind mit einem Korb voll Äpfel zu seinem Pflegevater Joseph. Das Kind, dem der Korb zu schwer wird, bittet einen des Wegs daherkommenden Juden, ihm den Korb abzunehmen. Der Jude aber ist hartherzig und lehnt das Verlangen ab, ja er weigert sich sogar, dem Kind wenigstens beim Tragen zu helfen. Schließlich sagt es ihm, dann solle er wenigstens bei dem Korbe halten, bis es seine Mutter zu Hilfe geholt habe. 'Wat,' rief de Jüd, 'ich soll ör Aeppel höde! Vil leever säß ich do boove em Mond!' Und von der Zick an setzt de Jüd, dä unserm Jesukindche nit helfe wollt, em Mond!"

Bleiben wir noch eine kleine Mythe lang bei deutschen Dialekten. Kennen Sie die Erzählung vom Schiffer, dem es trotz aller Bemühungen nicht gelingen wollte, Kap Horn zu umschiffen? Schließlich verfluchte er sich selbst mit den Worten "Verdammi, wenn ick nich baben Kap Horn kam, so will ick to'n ewigen Dag in 'e Maand sitzen."

Das Schiff ging unter, der Schiffer kam in den "Maand". Und noch heute zeigen manch alte Seebären bei Vollmond schmunzelnd nach oben und sagen: "Da sitzt der Schiffer, der nicht um Kap Horn kam."

Diana, die emanzipierte Jägerin

Von Deutschland aus geht es weiter über die Alpen in Richtung Süden.

Ganz in der Nähe Roms, zu Füßen der kleinen Stadt Nemi, liegt - umrahmt von grünen Hängen und Weinbergen - der Nemisee.

Wie ich mich kürzlich selbst überzeugen konnte, ist seine Wasseroberfläche in den ganz frühen Morgenstunden so still und glatt, daß man die Mondin hier in zweifacher Ausführung, oben am Himmel und unten im See, bewundern kann, weshalb dieser vor Zeiten den Namen "Spiegel der Diane" trug. An seinen Ufern soll einst das sagenumwobene und vielbesuchte Heiligtum der römischen Diana Lucina von sich Reden gemacht haben.

Wie jeder Gottesglaube irgendwann feste Vorstellungsformen in der menschlichen Phantasie annimmt, dachte man sich Diana als starke, emanzipierte Persönlichkeit, als Frauengöttin, die mit dem angeblich noch stärkeren Geschlecht nicht allzuviel im Sinne hatte. Sie wurde als Schutzherrin von Geburt und Fruchtbarkeit verehrt, galt als Freundin der Wälder und der wilden Tiere und als beharrliche Verfolgerin aller schlechten Männer. Eine ihrer Mythen erzählt, sie sei, als sie sich nackt im Wasser tummelte, von einem heimlichen

Verehrer, dem Prinzen Aktäon beobachtet worden, der sich jedoch durch das Rascheln eines Blattes verriet. Zu seinem Unglück, denn die Göttin, empört und zornig zugleich, verwandelte den jungen Mann daraufhin in einen Hirsch, der nun seiner neuen Natur gemäß die Flucht ergriff und später von den Hunden seines eigenen Vaters zerrissen wurde. Künstler stellten Diana oft und gern in Begleitung eines Hirsches dar. Man glaubte, diese Tiergattung sei ihr besonders lieb und teuer. Kein Wunder, haben Hirsche doch prächtige halbrunde Geweihe.

Erinnern Sie sich noch an die großen mondischen Hörner der steinzeitlichen Höhlenmalereien?

Die römischen Frauen liebten ihre "Lucina", deren Name übersetzt soviel wie "kleines Licht" bedeutet. Ich kann mir sehr gut vorstellen, daß ihr Typ, so stolz, so frei und so ungebändigt, für viele ein geheimes Vorbild, ja vielleicht sogar ein Idol gewesen sein mochte. An ihrem Feiertag, dem 15. August, zog alle weibliche Welt scharenweise mit geschmückten offenen Haaren und brennenden Fackeln in den Händen gen Nemi, um alte Gelübde zu erfüllen oder für erwiesene Wohltaten zu danken. Während in den Abendstunden unzählige kleine Lichter ihren Schein längs der Seeufer widerspiegelten, gesellte man sich zusammen, aß gebratenes Ziegenfleisch, genoß frischgebackene, kleine mondrunde Kuchen, die traditionsgemäß heiß-dampfend auf grünen Blättern serviert wurden, und trank köstlichen Wein. Den Sklaven ward jegliche Arbeit erlassen, das Jagen der Tiere war verboten. Selbst die heimischen Jagdhunde wieselten frei und übermütig zwischen den Menschen umher, ebenfalls festlich bekränzt, zählten sie doch zu den Symbolen der Göttin, von der es hieß, daß sie nie ohne Begleitung ihrer Hunde durch die Wälder zu streifen pflegte.

Etliche Bräuche des Dianakultes sind in das Christentum übernommen worden. So war es üblich, kleine Terrakotta-Lämpchen zu stiften, ähnlich der heutigen katholischen Sitte, den Heiligen geweihte Kerzen anzuzünden. Es gibt noch andere Parallelen. Man vermutet, daß - gleich dem katholischen Allerheiligsten - auch in Lucinas Tempeln ein ewiges Feuer brannte, dessen Flamme hier allerdings von vestalischen Jungfrauen Tag wie Nacht liebevoll bewacht wurde.

Religionen kommen und gehen.

Wie es wohl unseren Kirchen und Kathedralen in fernen Zeiten ergehen mag? Welche Bedeutung wohl jetzige Religionslehren in späteren Kulturen haben mögen?

Jene mittlerweile längst vergessene Kultstätte bei Nemi wurde in ihrer Blütezeit als hochangesehener Wallfahrtsort geachtet. Die Quelle, die heute noch den kleinen See an der Via Appia Antica speist, galt - ähnlich der Quelle in Lourdes - als außergewöhnlich heilkräftig. Viele kamen, um Beistand und Gesundheit zu erbitten; und wie überall in der Welt, wo Menschen im stark-unbeirrbaren Glauben Hilfe und Heilung erwarten, wird es auch hier viele Gebetserhörungen gegeben haben.

Zum Dank stiftete man Nachbildungen der gesundeten Körperteile, ein Brauch, der, wie unzählige Ausgrabungsfunde beweisen, in anderen Gegenden Europas gleichfalls praktiziert wurde.

Obwohl Diana als Frauen-Mondgöttin verehrt wurde, obgleich man erzählte, sie sähe sich am liebsten nur in weiblicher Gesellschaft, weiß die Überlieferung auch von männlichen Priestern. Aber dieser Posten bot den Herren bei weitem kein sorgenfreies Leben.

Gelang es nämlich einem Anwärter mit dem abgerissenen Zweig eines zuvor bestimmten Baumes, den derzeitig amtierenden Nemus-Hain-Diener in einem einmaligen Zweikampf tödlich zu besiegen, so ging er straffrei aus und wurde zudem zum offiziellen Nachfolger gekürt. Hier lösten sich vermutlich überwiegend entlaufene Sklaven ab, die im Priestertum eine Chance sahen, wenigstens für kurze Zeit in den Genuß von Freiheit und Anerkennung zu kommen.

Heute ist es still geworden am Nemisee. Es gibt keine flackernden Lichter, keine rauschenden Feste und keine spektakulären Massenheilungen mehr. Die alten Tempelreste träumen von Erde bedeckt vor sich hin, denn - so erzählte mir ein alter Italiener, der gemächlich seinen Weinberg am Ufer bestellte - es fehle an Geld für archäologische Ausgrabungsarbeiten. Die einstmals wundertätige Quelle sei kürzlich zur Wasserleitung umfunktioniert worden. Nein, es sei nicht mehr möglich, sie zu besichtigen. Enttäuscht und ein bißchen traurig setzte ich mich wieder in meinen Wagen und beschloß, den See wenigstens per Auto zu umfahren.

Sollte es wirklich keinerlei Überreste seiner ruhmvollen Vergangenheit mehr geben?

Ist es möglich, daß Plätze und Stätten, die unzähligen Menschen einmal wichtig und heilig galten, für die Nachwelt derartig in Vergessenheit sinken können?

Und dann fiel mein Blick auf jenes alte, von Wind und Wetter verwitterte Schild "VIA DEL TEMPIO DI DIANA", Straße zum Tempel der Diana. Doch es war mehr ein Pfad als eine Straße, und er führte zu keinem Ziel mehr.

Wie sich die Geschichte um Diana weiterentwickelte?

Allmählich wurde die Starke, die Freie, die Ungebändigte nebst ihren Anhängerinnen mehr und mehr mit dunklen Mächten wie mit mysteriösem Mondscheinzauber in Verbindung gebracht, was ihr Ansehen zwangsläufig schmälern mußte. Horaz, ein römischer Dichter, der im letzten halben Jahrhundert vor Christus lebte, und dessen literarische Texte großen Einfluß auf die abendländische Geistesentwicklung ausübten, schilderte in seinem Werk "Sermones" die üblen nächtlichen Machenschaften einiger Lucina-Frauen: Auf einem der sieben Hügel Roms erwartet die Hexe Candida drei Genossinnen, um mit vereinten Zauberkräften ihren untreu gewordenen Geliebten zurückzuerobern. Man kocht zunächst ein Getränk aus wilden Grabfeigen, dem man Krötenblut nebst Knochen und Federn eines geopferten Käuzchens zufügte. Mit dem schauerlichen Gebräu in den Händen rufen die Freundinnen in allen Tönen die Geister der Diana an, beschwören sie und den Mond, ihnen beizustehen - ohne Erfolg. Die Konkurrentin scheint offensichtlich über stärkere magische Fähigkeiten zu verfügen, weshalb Candida sich gezwungen sieht, zu weitaus drastischeren Mitteln zu greifen. Sie raubt ein Kind, aus dessen Blut und Knochenmark nun ein neuer Trank gebraut wird.

In alten Büchern lassen sich etliche solcher und anderer Greuelgeschichten nachlesen. In wieweit Wahres oder nur nervenkitzelnde Grusellust dahinterstehen mögen, wird man heute kaum noch sagen können.

Später wurde der Dianakult unter dem Einfluß des Christentums stetig weiter verdrängt. Auf ihren großen Augustfeiertag fiel plötzlich das Fest der Maria Himmelfahrt. Ihr Lieblingstier, der edle Hirsch, schien bald zu einem simplen Bock degradiert. Im Mittelalter sprach man schließlich nur noch von bösen Hexen, die auf fliegenden Böcken mit wehenden Haaren durch die Lüfte jagen, um ihrer schrecklichen Oberherrin, der wilden Nachtgöttin, willig zu dienen.

Und trotzdem. In manchen Gegenden ist heute immer noch der sogenannte "Hirztag" bekannt, den die Bevölkerung mit "hirzen", das heißt "zechen", in Verbindung bringt. Aber wer denkt dabei noch an Diana Lucina?

Kybele die große Mutter

Weil ich so ausführlich von Diana erzählt habe, darf ich die Göttin Kybele nicht unerwähnt lassen. Denn Kybele, oft auch als "große Mutter" angerufen, nahm gleichfalls einen wichtigen Stellenwert in der römischen Mythologie ein.

Sie stoßen sich an den verschiedenen Namen?

Auf uns, die wir von Kindesbeinen an monotheistisch erzogen worden sind, wirkt die Vielzahl der Göttergestalten leicht verwirrend und unseriös; lehren doch die christlichen Kirchen, daß es nur einen wahren Gott, nämlich den des Alten bzw. Neuen Testamentes, gebe.

Nun, die religiösen Vorstellungen unserer heidnischen Vorfahren waren da sehr viel bunter und ideenreicher wie die Mannigfaltigkeit menschlichen Seelenlebens selbst. Keine Lehre, kein Brauch, kein Kult, der Anspruch auf unfehlbare Richtigkeit erhoben hätte. Aber wenn die Alten ihre Götter und Göttinnen auch in die verschiedenartigsten Gewänder kleideten, war ihr Glaube im wesentlichen doch immer an ein und dieselbe Kraftquelle gerichtet, und ich bin überzeugt, es ist die gleiche Quelle, an die sich Gläubige dieser Welt auch heute noch wenden.

"Himmelskönigin ... du, die du mit deinem fraulich sanften Schimmer alle Städte erhellst, mit feuchter Glut die fröhlich keimenden Samen nährst und nach dem Umlauf der Sonne dein wechselnd Licht richtest; unter welchem Namen, nach welchem Brauch, in welcher Erscheinung auch immer man dich anrufen darf, hilf du mir jetzt in meiner äußersten Trübsal", schrieb der römische Dichter Lucius Apuleius im 2. Jahrhundert in seinen "Metamorphosen", und brachte damit die Belanglosigkeit von Namen, die Unzuverlässigkeit angeblicher Gottesvisionen zum Ausdruck. Gleichzeitig beweist dieses Gebet den "Oh-Mutter-Mond-Glauben" seiner Zeit.

Doch nun zurück zu Kybele, in deren Ära es nicht gerade zimperlich zuging. Ursprünglich aus Kleinasien stammend - man bezeichnet sie auch als Parallele der ägyptischen Isis und der griechischen Demeter - breitete sich ihr Kult über Athen nach Rom aus, wo er 204 vor Christus offiziell anerkannt wurde und sich immerhin bis in das 4. Jahrhundert unserer Zeitrechnung hinein hielt. Um die Sitten und Bräuche verstehen zu können, muß man die Vorgeschichte, den Mythos der Magna Mater kennen, von dem es mehrere Versionen gibt.

Eine davon erzählt: Zeus versucht, die Göttin im Schlaf zu vergewaltigen und ergießt dabei, da sie ihn heftig abwehrt, seinen Samen auf die Erde. Dennoch wird Kybele schwanger und gebärt Agdistis, der sich jedoch zu keinem Menschen, sondern zu einem zwitterhaften Ungeheuer entwickelt. Man beschließt, ihn zu töten. Gott Dionysos unterstützt die Aktion, indem er das Glied des zuvor Betäubten eigenhändig an einen Baum bindet. Als das Untier, wieder erwacht, aufspringen möchte, entmannt es sich selbst. Aus seinem Blut aber wächst ein Baum, dessen Früchte die Tochter des Flußgottes Sangarios schwängern. So wird Attis geboren, den Kybele, seine Urgroßmutter, etliche Jahre später zum Geliebten nimmt. Als der junge Mann ihr jedoch untreu wird, bestraft sie ihn zornentbrannt mit Wahnsinn. In der Umnachtung eines Anfalles entmannt Attis sich selbst und verblutet unter einer Pinie.

Die Volksseele nahm regen Anteil an jenen vermeintlichen Schicksalen. Das römische Fest der Magna Mater währte vom 15. bis zum 27. März, wobei man zunächst des Todes von Attis gedachte, indem sein Bild in einer prunkvollen Prozession zum Almo-Bach getragen und feierlich gewaschen wurde. Es folgte das Fest der Schilfträger, die erzählten, Attis sei als Sechsjähriger im Röhricht eines Flußes ausgesetzt worden; sowie das Fest der Baumträger, welche, pünktlich zur Frühlings-Tagundnachtgleiche, zu seinem Gedenken eine besonders gut gewachsene Pinie zu fällen pflegten. Der 24. März aber, der deis sanguinis, galt der Ehrung des Kybele-Schmerzes, galt der Anteilnahme ihres Kummers über den Verlust des Enkelgeliebten. Die speziell zu diesem Tag organisierten Festzüge wurden von Galloi-Priestern geführt und begleitet. Wir dürfen sie uns in langen festlichen Gewändern, mit offen-wehenden Haaren, tanzend, singend, enthusiastisch auf Tamburinen und Zimbeln schlagend, vorstellen. Blas- und Schlaginstrumentalmusik erfüllte die Luft. Immer vibrierender und lustvoller, immer leidenschaftlicher wurden Tänze und Gesänge. Einige Galloi geißelten sich selbst, andere fügten sich kleine Dolchstiche zu, um die Flammen aufsteigender Ekstase zu nähren, um jenen leicht fiebrigen Zustand zu erlangen, von dem es hieß, nur dieser erst mache wahre Weissagung und wirksame Zukunftsbeschwörung wirklich möglich.

Doch galten Prophetie und Magie nicht als der Gipfel des Tages. Hatten die orgiastischen Gefühle ihren Siedepunkt erreicht, waren alle Grenzen zwischen Lust und Schmerz verwischt, traten - mit geweihten Steinmessern ausgerüstet - die Priesteramtsanwärter in Aktion. Volltrunken vom Rausch der Euphorie, beseelt von dem Wunsch, Attis nachzuahmen oder aber der Göttin möglichst ähnlich zu sein, entmannten sie sich selbst. Ihr Tun wurde von taumelnden Schreien und Toben der zuschauenden Menge begleitet, wobei es nicht selten vorkam, daß sich auch Männer aus diesen Reihen unversehens eigenhändig kastrierten. Mit blutigen Genitalien in den Händen hasteten die Gläubigen nun durch die Gassen, um sie schließlich in ein Haus zu werfen, aus dem ihnen neue Frauengewänder gereicht wurden. Und während man abschließend sowohl die abgetrennten Körperteile als auch die befleckten Kleider in das Brautgemach der

Kybele legte, wurden die neuen Priester geehrt, gesalbt und sicherlich auch medizinisch versorgt.

In späteren Jahren fanden Riten dieser Art immer seltener statt. Letztlich ließ man es mit einer harmlos-leichten Selbstverwundung genug sein.

Keine Religion, kein Glaube wird sich auf Dauer in Menschenherzen halten können, wenn deren Anhänger nicht, zumindest gelegentlich, Hilfe und Erfolgserlebnisse erfahren. Daß die Nachfolger vorchristlicher Religionen ebenfalls "Wunder" erlebten, die sie bestärkten, den vertrauten Götteridealen treu zu bleiben, zeigt folgende wahre Begebenheit: Es geschah im Jahre 205 vor Christus. Hannibal und seine Truppen standen vor den Toren Roms und hielten die Stadt hartnäckig belagert, unter deren Bevölkerung sich zunehmende Unsicherheit und Angst ausbreitete. Welche der vielen Gottheiten mochte für diese Krisensituation zuständig sein? Kurz zuvor hatte die Obrigkeit großzügig etliche Götter der frisch eroberten Untertanen in das himmlische Hierachiegefüge aufgenommen. Waren diese "Neuen" dem römischen Volk wirklich wohlgesonnen? Oder würde es zu obrigen Eifersuchtskonflikten kommen? Da ließ der römische Senat verlauten, Hannibals Abzug sei durch die sybillinischen Bücher prophezeit, wenn es nur gelänge, Mutter Kybele nach Rom zu schaffen. Zu jener Zeit wurde die Göttin als Reinkarnation in einem großen schwarzen Stein verehrt, der sich in Phrygien, der heutigen Türkei befand.

Also machte man sich auf die Reise. Tatsächlich gelang es, das Denkmal in den Hafen Ostias und weiter den Tiber hinauf zu schiffen, dessen Ufer von einer sicher nicht unansehnlichen Anhängerinnenschar gesäumt wurde. Doch das Schiff blieb im Schlamm stecken. Und was taten die Frauen? Mit vereinten Kräften zogen sie das schwere Gefährt an Stricken in die Stadt, um ihre Kybele gemeinsam in den heiligen Siegestempel zu tragen. Hannibal aber brach seine Zelte ab und kehrte Rom - zumindest vorläufig - den Rücken.

Noch lange Zeit erinnerte das "Megalesia", das Fest der großen Göttin, an jenen glorreichen Apriltag.

Nun scheint es verständlich, daß dem beharrlich zunehmenden, an Einfluß und Macht gewinnenden Christentum, Großmütter, die sich in ihre Enkelsöhne verlieben und blutig-eifersüchtige Dramen hervorrufen, nicht angenehm sein konnten. Aber verschwand der Kybele-Kult auch in der Versenkung, so finden wir selbst heute einige seiner Bräuche in katholischen Gottesdienstritualen wieder. Wußten Sie, daß die gute alte Sitte, während der Eucharistiefeier mit Glöckchen zu läuten, einer uralten Zeremonie der Magna Mater entliehen ist?

Oder ist Ihnen bekannt, daß die Mitra, Kopfbedeckung katholischer und orthodoxer Bischöfe und Äbte, der ursprünglichen Kybelekrone auffallend ähnlich ist. Und die ausgesprochen weiblichen Gewänder der Priester? Ihr keusches, gottgeweihtes Leben im Zölibat? Weitere Parallelen und Zusammenhänge werden uns in späteren Kapiteln ausführlicher begegnen.

Artemis, die ewige Jungfrau

Was den Römern Diana, war den Griechen Artemis. Als ursprüngliche Hochgöttin der Amazonen, die sie unter dem Namen "Artemis Alpheia" verehrten, galt sie zunächst gar nicht einmal als unbedingte Göttin des Mondes, sondern wurde eher der Jagd, der Wildheit und der Unbezähmbarkeit zugeordnet. Artemis, die ewige Jungfrau, von der es später hieß, sie stehe als "Artemis Eileithya" auch allen gebärenden Frauen bei und sei außerehelichen Mutterschaften ebenso wohlgesonnen, was ihr schließlich doch einen Mondcharakter verlieh und sie zur typischen Jagd-Mondgöttin werden ließ.

In Griechenland erzählte man sich, ihre liebste Beschäftigung sei es, in hellen, lauschigen Nächten Berge und Wälder jagend zu durchstreifen und schmückte sie mit so phantasievoll-aufschlußreichen Beinamen wie "Nachtschwärmende Göttin", "Hirschjägerin mit Fakkeln in beiden Händen", "Lichtträgerin" oder "Wegweisende". Gerade mit der letzten Bezeichnung hat es eine besondere Bewandtnis, denn in etlichen Gründungssagen antiker Städte heißt es, ihre Lage sei dereinst auf einen freundlichen Fingerzeig der Göttin hin festgelegt worden.

So waren die Gründer der lakonischen Stadt Boiai überzeugt, Artemis selbst sei ihnen in Gestalt eines Hasen vorangelaufen, um die günstigste Position des neugeplanten Stadtprojektes zu zeigen und sei abschließend - für immer unauffindbar - in einem Myrthenbaum entschwunden.

In anderen Landesteilen wurde die "Lichtträgerin" mit einer starken Bärin identifiziert. Junge Athenerinnen pflegten ihr zu Ehren als Bärinnen verkleidet vorzutanzen. In etlichen Museen lassen sich Vasenmalereien finden, die geschmeidige Tempeltänzerinnen mit Tiermasken darstellen.

Artemis - Göttin in Bärengestalt.

Ob sie wohl identisch sein mag mit jener kretischen "Jungfrau Maria von den Bären", zu deren Gedenken noch heute in der Höhle von Acrotiri, nahe dem ehemaligen Kydonia, an jedem 2. Februar des Jahres ein Fest gefeiert wird? Wurden ihr auch regelmäßig Phallus-Nachbildungen, Tiere und Früchte geopfert, war es in Athen auch üblich, zu ihrem Ruhme "Selenai", gelbe, runde Mondkuchen zu backen, schien der Kult zudem gelegentliche Menschenopfer verlangt zu haben. In einer Sage beschreibt Sophokles, wie Iphigenie, das schönste Mädchen des Landes, der Göttin zu Gefallen, "geschenkt" werden sollte, was Artemis selbst jedoch im letzten Moment zu verhindern wußte. Es ist bekannt, daß einer ihrer Athener Tempel auf dem Platz stand, wo man die Leichen der Hingerichteten abzulegen pflegte, und daß sie mit alljährlich pompösen Staatsopfern geehrt wurde, um für den spektakulären Sieg über die Perser, 490 vor Christus bei Marathon, zu danken.

Ihr größtes Heiligtum aber stand nicht in Griechenland, sondern in Ephesus, einem griechischen Stadtstaat in Kleinasien. Ephesus konnte sich nicht nur als eines der wichtigsten Handelszentren des Altertums, sondern gleichfalls als ein Mittelpunkt der griechischen Kultur rühmen. Schon immer, selbst vor jeder Geschichtsschreibung, soll es hier, wo der heutige Menderes in das Ägäische Meer fließt, viele Diana- und Artemistempel gegeben haben, die allesamt vom Zahn der Zeit, durch Kriege oder Brände vernichtet wurden.

Der letzte bekannte Artemis-Tempel dürfte jedoch lange seinesgleichen gesucht haben. Wenn wir den alten Geschichtsschreibern glauben mögen - und warum sollten sie lügen - betrug seine Länge stolze 130 Meter, seine Breite 65 Meter, unterteilt von 127 Marmorsäulen, in die allerlei wertvolle Edelsteine eingelegt waren. Die inneren Hallen wurden von den Werken der besten und berühmtesten Künstler jener Zeit geschmückt. Es heißt, keiner der Großen habe je eine Bezahlung angenommen, denn es galt als höchste Ehre und Auszeichnung, eigene Schöpfungen in dieser bedeutsamen, durch unendlich vieler Hände Arbeit entstandenen Stätte wiederzufinden. Tatsächlich soll die Bauzeit rund 220 Jahre in Anspruch genommen haben und etliche Male unterbrochen worden sein, weil es an weiterem Kapital fehlte. Aber man ließ sich nicht entmutigen. Trafen einmal Materialspenden der benachbarten Regenten ein, wie etwa die Säulen, von denen Plinius berichtet, jede von ihnen sei ein Königsgeschenk gewesen, so stifteten unzählige Artemisanhängerinnen ein anderes Mal ihren Schmuck zum Einschmelzen, um die Arbeiten voranzutreiben. Auch Alexander der Große stellte eine großzügige finanzielle Unterstützung in Aussicht, allerdings verknüpft mit der Bedingung, sein Name möge als Inschrift den Tempel zieren.

Die Griechen verzichteten auf seine Hilfe.

Ist es nicht ewig schade, daß uns diese Werke für immer verlorengegangen sind? So wurde der Artemis-Tempel, der übrigens zu den sieben Weltwundern der Antike zählte, erstmals von Kaiser Nero ausgiebig geplündert. Später, ca. 260 nach Christi Geburt, setzten ihm die Goten noch einmal kraftvoll zu, und im Jahre 381 wurden auch die letzten Überbleibsel von Kaiser Theodosius' Truppen dem Erdboden gleichgemacht. Artemis' Name und Ruhm verschwanden mit der Größe ihrer prachtvollen Bauten; heißt es doch nicht umsonst: "Aus den Augen, aus dem Sinn".

Ephesus erhielt neue Kirchen; sicher nicht mehr ganz so imponierend wie jener alte Tempel, dafür aber gewiß umso eindringlicher und ehrfurchtgebietender durch die Lehre, die nun in ihren neuen Mauern herrschte.

Und nur ein halbes Jahrhundert später riefen hier, im Jahre 431, katholische Konzilsväter die keusch-demütige Maria zur Gottesmutter aus.

Hekate, die Ehrfurchtseinflößende

"Komm, du teuflische, irdische, himmlische Bombo, Göttin der Wegkreuzungen, Königin der Nacht, Feindin der Sonne und Gefährtin der Dunkelheit; du, die du gerne das Anschlagen der Hunde hörst und das Fließen von Blut siehst; du, die du zwischen den Gräbern wandelst in den Stunden der Dunkelheit, dürstend nach Blut und den Schrecken der sterblichen Menschen; Gongo, Mormo, du Mondgestalt mit tausend Formen, blicke gnädig auf mein Opfer", heißt es in einem uralten magischen Gesang, der an Hekate gerichtet ist und in einer antiken Schrift namens "Philosophomena" gefunden wurde.

Hekate schien den Menschen ihrer Zeit als Göttin der Unterwelt, als Meisterin der Zauberei und Königin aller Hexen durch ihr intensives, atemberaubendes Nachtleben eng mit dem schwarzen Himmel verbündet zu sein. Man raunte, sie schenke ihren Lieblingen große Visionen und eindrucksvolle Träume, Widersacher aber strafe sie mit Mondsüchtigkeit, Epilepsie oder Wahnsinn. Auch ihr zu Ehren wurde getanzt und geopfert, und noch im Mittelalter brüstete sich so mancher stolz, Hekate höchstpersönlich - ähnlich Diana - von einer johlenden, juchzenden Hexenhorde eskortiert, durch die Lüfte wirbeln gesehen zu haben.

Apropos Diana. Hekates Ehrentag fiel gleichfalls auf den 13. August, ein nächtliches Mondfest, auf dem Volksmassen um segnenden Schutz für die nahende Ernte baten.

Doch liebte die römische Göttin Hirsche, waren der griechischen Hunde heilig, welche deshalb von den Kolophonern im Rahmen besonderer Rituale geschlachtet wurden. Konnte man sie nicht gelegentlich in eine Hündin verwandelt rastlos über die Friedhöfe streifen sehen? Schien nicht mitunter ein kaum wahrnehmbarer, verschwommen-nebelhafter Geistkörper über dem Blut ihrer Opfer zu schweben?

Als dankende Antwort mag Hekate all jenen, die sich mittels einer lederberiehmten, saphirbesetzten Goldkugel im Pendeln übten, einen Blick in die Zukunft gewährt haben.

Wer, so gaben die alten Hexen an ihre neuen Schwestern weiter, mit der Herrin der Finsternis in Verbindung treten möchte, müsse des Nachts eine möglichst hochbetagte Weide anbeten, denn hier lasse sie sich am ehesten finden.

In Griechenland galten Weidenbäume als heilig. Tatsächlich ist erwiesen, daß ihre Heilkräfte nicht unbedeutend sind. Die junge Schale 2- bis 5-jähriger, im Frühling ausgetriebener Zweige kann gegen Erkältungen, Fieber, Kopfschmerzen und rheumatische Beschwerden helfen, wenn man sie zügig sammelt und trocknen läßt. Zudem gewannen unsere Vorfahren aus Blättern und Rinde Salicylsäure, die man sich als gutes Mittel gegen Hexenschuß dachte, eine Beschwerde, unter der gewiß recht viele nachtschwärmende Damen jener Zeit gelitten haben mögen.

Hekate, Freundin des abnehmenden Mondes ...

Manche Darstellungen zeigen sie auch vereint mit Artemis als dreigestaltige Mädchen-Mutter-alte Frau. In wieder anderen Versionen heißt es, während Artemis im zunehmenden, sei Hekate im abnehmenden und Selene im vollen Mond zu verehren.

Wir sehen, wie sehr alle Gestalten miteinander verwandt und verwoben sind, letztlich aber gemeinsam aus der Grundidee der einen, allgegenwärtigen, allesnährenden Urquelle fließen.

Stellen wir uns einen breiten Strom menschlichen Vorstellungsvermögens vor, der, vielleicht nur aus der elementaren Sehnsucht nach einer gerechten Steuerung von oben entstanden, sich allmählich in viele kleine Flußläufe verzweigt, wobei jede Vorstellung auf eine andere Art von den jeweiligen gesellschaftlichen Bedürfnissen und Charakteren der Zeit geprägt wurde. Aber es wird kaum mehr möglich sein, die Ursprünge, Abstammungslinien und sonstigen Verbindungen aller Götter und Göttinnen nachzuvollziehen.

Wenden wir uns nun der dritten Großen im griechischen Bunde zu, der Mondgöttin Selene.

Selene, die mondigmilde

Die schöne Selene läßt sich, in leuchtende Gewänder gehüllt, zart flügelschlagend über den nächtlichen Himmel gleiten. Und wenn sie ihren makellosen Körper in die Wellen des Ozeans taucht, schmerzt das Herz des Hirtengottes Pan vor Verlangen und Liebe zu ihr. Aber so sehr er Selene auch umwirbt, kann sein Begehren doch niemals gestillt werden, denn alle Gefühle der Göttin gehören allein Endymion, einem ihr in Schönheit und Anmut voll ebenbürtigen Jüngling. Ihm, so heißt es, räumten die mächtigen Götter einst ein, die eigene Todesart selbst erwählen zu dürfen, worauf er sich für den ewigen Schlaf entschied, damit sein Körper für alle Zeiten erhalten bliebe. Und so ruht Endymion bis heute unversehrt in einer verborgenen Grotte; Selene aber steigt allnächtlich aus den Wolken, um sich an seinem Anblick zu trösten und ihn mit ihren Blicken zu liebkosen.

In einer anderen Variante heißt es, die große Liebe der beiden sei durch 50 gemeinsame Kinder gekrönt worden. Manche Mythologen neigen zu der Annahme, die 50 Vollmonde der 4 Jahre, die jeweils zwischen den olympischen Spielen liegen, seien möglicherweise mit dieser alten Mythe in Verbindung zu bringen. Immerhin lassen sich die Anfänge der Olympiade bis in das Jahr 776 vor Christi Geburt zurückverfolgen, eine Zeit, in der Selene durchaus eine wichtige Rolle im griechischen Geistesleben gespielt haben mag.

Auf alle Fälle schien man sie gern in allerlei irdische Liebesangelegenheiten miteinzubeziehen.

In seinem ca. 300 Jahre vor Christus entstandenem Werk "Pharmacuetra" erzählte Theokrit von den eifrigen Bemühungen einer jungen Frau, mittels Selenes Unterstützung, einen abtrünnigen Verehrer zurückzugewinnen.

Samaetha, so läßt sich nachlesen, sucht in Begleitung ihrer Dienerin Thestylis den nächtlichen Meeresstrand auf. Die Luft ist sanft. Die runde Mondin spiegelt sich groß und voll im stillen Wasser wider. Samaetha hebt das Gesicht und schüttet der Göttin vertrauensvoll ihr Herz aus, bekennt ihre heiße Sehnsucht zu dem blonden Delphis, schildert, wie sie ihn das erste Mal erblickte, sich spontan verliebte, beschreibt die gemeinsam erlebten intimen Stunden und klagt bitterlich, daß er sie schließlich doch wegen einer anderen verließ. Zur Mitternachtsstunde zünden die Frauen ein Feuer an, neben dem die verlassene Braut nun höchst emsig ein verzaubertes Rad zu drehen beginnt. Wie das Rad rotiert, sollen auch Delphis Gedanken nur noch um ihre Person zu kreisen imstande sein. Zusätzlich wirft Samaetha, als Symbol für Knochen und Gliedmaßen, eine Handvoll Mehl, ein Lorbeerblatt, ein Stückchen Mantelstoff und ein kleines Wachsbildnis in die knisternden Flammen. Wie Lorbeer, Mehl und Mantel brennen, sollen auch in Delphis' Brust die Flammen der Leidenschaft erneut auflodern; wie das Bildchen schmilzt, möge auch er weich geworden reumütig zurückkehren. Als die Glut langsam erlischt, schickt Samaetha die Dienerin zurück ins Haus, um die heimischen Türen mit einer magischen Salbe zu bestreichen. Sie bleibt allein am Strand zurück und sucht noch lange Stunden mit aller Kraft ihres Herzens Delphis' Unterbewußtsein zu beeinflussen.

Was wohl im Falle einer weiteren Niederlage geschehen würde?

Nun, verschmähte, in ihrer Ehre verletzte Frauen pflegten derzeit in puncto Rache und Vergeltung nicht kleinlich zu sein. Unsere Schöne war zudem, wie Theokrit weiter erzählte, stolze Besitzerin etlicher hochgiftiger Essenzen, deren Herstellung ihr einst ein assyrischer Magier verriet. Wir dürfen wohl annehmen, daß die junge Dame mit Sicherheit Mittel und Wege finden konnte, um dem treulosen, nicht mehr einzunehmenden Jüngling einen kräftigen letzten Schluck zu verabreichen.

Das Ritual des Puppenschmelzens ist alt.

Bereits um 1100 vor Christus, so wird auf einem ägyptischen Papyros überliefert, soll es gegen Pharao Ramses den Dritten eine Haremsverschwörung gegeben haben, in deren Verlauf zahlreiche Frauen gemeinsam eine ihn darstellende Wachspuppe verflüssigten, um sein vorzeitiges Ableben magisch herbeizubeschwören.

Riten dieser Art wurden im klassisch-europäischen Hexentum ebenso wie in Afrika und Haiti ausgeübt, wo sie heute noch teilweise mit erstaunlichen Erfolgen als ein Teil des Voodoo-Kultes praktiziert werden.

Manche dort lebenden Ärzte, Anthropologen und Missionare sind überzeugt, Bildzauber könne durchaus wirksam sein, wenn der Getroffene davon weiß und an seine Macht glaubt.

Wie Hekate machte man auch Selene, in ihrer Eigenschaft als Mondgöttin, für die Epilepsie verantwortlich; überhaupt tauchen Hinweise auf Zusammenhänge zwischen Mondphasen und Fallsucht überall und immer wieder auf. Interessanterweise ergaben jüngere Studien in der UdSSR und Amerika, daß Beziehungen dieser Art tatsächlich nicht von der Hand zu weisen seien, weil um Neu- und Vollmondzeit eine vermehrte Anfallhäufigkeit deutlich zu verzeichnen sei.

Wußten die Alten von geheimnisvollen Mensch-Kosmos-Verbindungen, von unsichtbaren Verknüpfungen, die wir erst allmählich wieder zu erahnen beginnen?

Die Anzahl der griechischen Mondgottheiten ist mit dem hier vorgestellten Artemis-Hekate-Selene-Gespann bei weitem noch nicht erschöpft. Schon die minoische Kultur im 3. und 2. Jahrtausend vor Christus, die erst durch Schliemann wieder entdeckt wurde und deren neuerliche Ausgrabungsfunde ein bemerkenswert hohes Kulturniveau der damaligen Menschen bezeugen, kannte eine Mondgöttin namens "Pasiphae", was zu deutsch übersetzt soviel wie "Sie, die allen leuchtet" heißt.

Athene, nicht nur Schutzherrin der griechischen Hauptstadt, sondern zugleich Patronin des Ackerbaus, der Kunst und aller Wissenschaften, schmückte ihr persönliches Wappenschild mit dem Vollmond.

Von den Dorern weiß man, daß sie sich nach ihrer Mondgöttin Doris benannten, so wie die Ioner fest behaupteten, direkte Abkömmlinge der Helena-Selene zu sein.

Und daß, wie Plutarch berichtete, die berühmten Delphiorakel im Tempel des Apollon ausschließlich und nur bei "Nacht und Mond" abgehalten wurden, versteht sich hier eigentlich schon fast von selbst.

Mond im Islam

Mond ... Mond ... Mond ...

Verlassen wir Griechenland und schauen, was er einst den islamischen Völkern bedeutete.

Wer ihre Flaggen betrachtet, ahnt, daß er auch hier eine recht beachtliche Rolle gespielt haben muß, denn die Banner von Mauretanien, Algerien, Niger, Türkei, Pakistan und den Malediven weisen unübersehbar sein Zeichen auf.

Wie vielen umherziehenden Nomadenstämmen, wie vielen schwer beladenen Handelskarawanen, die in der sengenden Tagesglut ruhten und sich erst bei eintretender Abenddämmerung erneut in Bewegung setzten, mochte er Begleiter und Wegweiser gewesen sein?

In diesen Breitengraden jedoch nicht als Muttersymbol, sondern als Sinnbild eines maskulinen, starken Vater-Gottes, der die Seinen zu großen Siegen führte.

Verständlich, daß man den Phasen des unsichtbaren Mondes mit größter Besorgnis entgegensah. Die Menschen deuteten jene lichtlosen Nächte als schlechtes Omen und wurden allmonatlich erneut von dem bangen Gefühl beschlichen, Gott könnte sie - womöglich für immer - verlassen haben.

Oftmals schien die Natur ihren bösen Ahnungen Recht gegeben zu haben; nicht selten setzen besonders zur Neumondzeit Springfluten, Stürme und Gewitter ein, die häufig verheerende Verwüstungen nach sich zogen. Deshalb galten drei Tage vor der vermeintlich kritischen Schwelle als offizielle Trauerzeit, die mit der Hoffnung verbunden war, den großen Vater milde zu stimmen und die immer schmaler werdende Sichel vielleicht doch am gänzlichen Verschwinden hindern zu können.

Geschlechtsverkehr und andere Sinnesfreuden standen unter Tabu. In einigen Gegenden wurde vermutlich eine 3-tägige Fastenzeit eingehalten; vom Abraham des Alten Testamentes, der vor seiner Bekehrung ein überzeugter Mondanbeter gewesen sein soll, läßt sich nachlesen, daß ihm Bräuche dieser Art durchaus wohl vertraut waren. So, wie man aber das Verschwinden des Nachtlichtes fürchtete, feierte man seine Wiederkehr, denn "Neumond" heißt übersetzt "hilál", was zugleich auch "Festjubel" bedeutet.

Aus einem vor circa 5000 Jahren verfaßten hemerdogischen Text, der in einer Bibliothek in Asurbanipal gefunden wurde, geht hervor, daß der 7., 14., 21., und 28. Tag eines jeden Monats als Ruhetag galt. Dabei handelte es sich nicht um dogmatisch festgelegte Sonntage, sondern um die Schlußtage der jeweiligen Mondwochen, gerechnet ab jener Stunde, in der die junge Sichel erstmals gesichtet wurde. Strenge Gesetze verboten in diesen Tagen, auf Feuer zubereitetes Fleisch oder gesäuertes Brot zu essen, Kleider zu wechseln, Opfer zu bringen. Priester durften nicht sprechen, Ärzte nicht praktizieren, Beschwörungen und magische Handlungen blieben auf Strafe untersagt, ja, nicht einmal dem König wurde gestattet auszufahren, geschweige denn etwaige Amtshandlungen durchzuführen. Mond hatte Macht.

Und das arabische Frauentum?

Selbst im Orient weisen einzelne alte religiöse Überlieferungen auf eine frühe Verehrung der uns schon so gut bekannten großen Mutter hin.

Wußten Sie, daß der berühmte schwarze Stein der Kaaba, dem islamischen Hauptheiligtum in Mekka, der heute noch von tausenden Pilgern aufgesucht und andächtig geküßt wird, ursprünglich einmal das Symbol aller Weiblich- und Mütterlichkeit verkörperte und den drei mekkanischen Göttinnen Manat, Allat und Al-Uzza geweiht war?

Einige Religionsforscher behaupten, Mohammed selbst habe noch in der anfänglichen Phase seines Wirkens versucht, diesen Göttinnen einen gebührenden Platz einzuräumen - offensichtlich erfolglos.

So wurden Manat, Allat und Al-Uzza zu fügsamen Töchtern Allahs umfunktioniert.

Aber bleiben wir einen kurzen Augenblick lang bei den heiligen Steinen.

Erinnern Sie sich an jenen großen schwarzen, den die Römer einst eigens aus Phrygien, der heutigen Türkei, herbeischifften? Er galt als Reinkarnation der Magna Mater, und die sibyllinischen Bücher hatten prophezeit, Hannibal würde die Tore Roms verlassen, sobald es gelänge, die große Kybele in den heimischen Tempel zu schaffen.

Ob beide Steine identisch sein könnten? Der mekkanische jedenfalls wird heute noch von Männern bewacht, die sich "Beni shayba", "Söhne der alten Frau" nennen.

Die arabischen Mondanhänger machten es anfangs weder den eroberungsfreudigen Mohammedanern noch missionierungsbesessenen Christen leicht, sie zu bekehren. Am hartnäckigsten hielten die Bewohner Harrans, einer in der südöstlichen Türkei gelegenen Stadt, jeglichen Beeinflussungen stand. Hier wurden noch bis in das Jahr 830 unserer Zeitrechnung hinein alt-lunare Kulte gepflegt, und die traditionellen, weit über die Grenzen hinaus bekannten Mondfeste sollen derart imposant, berauschend schön gewesen sein, daß selbst im Pomp und Prunk gewohnten Rom davon gesprochen wurde. Schließlich kapitulierte die Umwelt, sprach den dickköpfigen Harraniern das Recht auf freie Religionsausübung zu und ließ sie unter dem Namen "Cabier" als eine im Koran sanktionierte Sekte gelten.

Ischtar, die große Liebende

In unmittelbarer Nachbarschaft, nämlich im Süden des Irak, stand - 3000 Jahre vor Christus - die Kultur Babyloniens in voller Blüte. Die Babylonier verehrten rund zwei Dutzend große und mehrere Hundert kleine Götter und Göttinnen, wobei Mondgott Sin zu den erklärten Hauptgottheiten zählte.

Man stellte sich ihn als betagten, gutmütigen, netten Mann mit hohem Turban und wallenden Bart vor, der allabendlich gemächlich seine Mondsichelbarke besteigt, um darin behaglich über das Himmelsmeer zu schaukeln. "Der-dessen-tiefstes-Herz-keiner-durchdringen-kann" maß die Zeit, vertrieb das Böse und galt als schier unerschöpflicher Brunnen aller Träume und Prophezeiungen. Nach ihm wurden die im Alten Testament oft zitierte Wüste Sin wie auch der Berg Sinai benannt.

Euphrat und Tigris, Land der Sumerer und Babylonier. Wer die Hymnen und Gebete dieser längst versunkenen Kulturen liest, ahnt die Liebe und Innigkeit, mit der damalige Menschen an ihren Götteridolen hingen; und mich persönlich wundert es immer wieder, wie sehr die alten Bitten und Lobpreisungen unseren heutigen Kirchenlitaneien ähneln. Oder wie empfinden Sie zum Beispiel die nun folgende Hymne an den Mond? Sie wurde, eingemeißelt auf Steinen zerklüfteter Tempelreste, im Erdboden der ehemaligen Stadt Ur entdeckt: "(Er) schreitet vom Grund des Himmels bis zum Zenit herrlich einher ... erschafft das Licht für die Welt ... offenbart sich als Vater, barmherziger, gnädiger, dessen Hand das Leben des ganzen Landes hält ... Vater der alles erzeugt, der die lebenden Wesen ansieht und die Gebote ausspricht."

Kommen Ihnen diese Zeilen nicht ein bißchen bekannt vor?

Neben Sin wurde Ischtar, seine Tochter, als Göttin der Liebe und des Lichtes verehrt. Ischtar, die mit der alttestamentarischen Astarte bzw. Astoreth identisch ist, darf sich, wenn auch freilich unter verschiedensten Namen, als meist verehrteste Göttin des Nahen Ostens rühmen. Ischtar, Mutter der Liebe und Fruchtbarkeit, Ischtar, die Grüne und Taubringende, Schutzgöttin aller Quellen und Flüsse, Mutter, deren Geist vor jeder Aussaat und Ernte angerufen wurde ...

Unschätzbar wertvolle Alabasterstatuen zeigen sie mit einer goldenen Sichel über dem Haupt, während Augen und Nabel mit leuchtend roten Rubinen besetzt sind. Hören wir noch einmal in eine der vielen alten babylonischen Litaneien hinein:

"Ich flehe dich an, Herrin der Herrinnen, Göttin der Göttinnen, Ischtar, Königin der Städte, Führerin der Menschen. Du bist das Licht der Welt, du bist das Licht des Himmels, mächtige Tochter von Sin. Deine Macht ist unendlich, o Herrin, du stehst über allen Göttern."

Nun folgen allgemeine Bitten um Gerechtigkeit, Heilung der Kranken und um Siege in allen noch zu erwartenden Kämpfen und Schlachten. Das Gebet endet mit den Versen:

"Ischtar ist groß! Ischtar ist die Königin! Meine Herrin sei gepriesen, meine Herrin ist die Königin, die mächtige Tochter von Sin; es gibt niemanden, der ihr gleicht."

Bibelkenner werden hier etliche, fast gleichlautende Parallelen zu den Psalmen entdecken können.

Doch während David 1012-972 vor Christus lebte, darf man die babylonischen Texte auf durchaus 2000 Jahre älter datieren.

"Des Mondgottes mächtige Tochter" galt als jungfräulich; was jedoch nicht mit unserer leicht prüden, von jeher kirchlich geforderten vorehelichen Unschuld verwechselt werden darf, sondern lediglich ihre Ungebundenheit, wie die Existenz mehrerer Liebhaber besagte.

Ischtar, die groß- und freizügige Geliebte - nichts könnte ihren Charakter so treffend widerspiegeln wie ihr Mythos selbst. Er beinhaltet zugleich die älteste Überlieferung menschlicher Vorstellungen zum Thema Tod - Wiedergeburt, bzw. Ruhe- und Wachstumsphasen der Erde: Ischtar liebt Tammuz, der, von einem Wildschwein getötet, in die Unterwelt verbannt wird. Hier regiert die für ihre Strenge und Eifersucht bekannte Ereschkigal. Dennoch beschließt Ischtar, Aralu, das Reich der Toten, freiwillig aufzusuchen, um ihren Geliebten zu befreien. Weil die Geisterwelt aber durch sieben schwere Tore vom Land der Lebenden abgeschirmt wird, und kein Wesen jemals bekleidet, mit weltlichen Statussymbolen bestückt, dort eingehen darf, wird auch sie aufgefordert, sich aller Äußerlichkeiten zu entledigen. So nimmt die Göttin, vor dem 1. Tor angelangt, ihre stolze Krone ab. Den Wächtern des 2. Portals überreicht sie das glitzernde Ohrgehänge. Vor der 3. Pforte gibt sie die Halsketten her, an der 4. und 5. Passage Busenlatz und Gürtel. Der Einlaß durch die 6. Tür kostet sie Arm- und Fußschmuck. Schließlich trennt sie sich noch vom letzten, dem Lendentuch, um nackt den Kampf um den Geliebten anzutreten. Doch Ereschkigal mag weder Tammuz noch Ischtar freigeben. Die Zeit vergeht. Die Erde, ohne den segnenden Atem der Göttin wie ein verlorenes Kind zurückgeblieben, beginnt langsam zu verkümmern.

"Nachdem die Göttin Ischtar hinuntergegangen war in das Land ohne Wiederkehr, besprang der Bulle nicht mehr die Kuh, der Esel näherte sich nicht mehr der Eselin; dem Mädchen auf der Straße kam kein Mann nahe; der Mann schlief in seiner Wohnung, das Mädchen schlief allein in der ihren", erzählt der Mythos weiter.

Um die Existenz des Lebens besorgt, zwingt der übrige Götterrat Ereschkigal schließlich, Ischtar nebst Geliebten unbeschadet zu entlassen.

Triumphierend tauchen beide, samt Kleidern und Schmuck, in der Oberwelt auf. Da setzen Wachsen und Blühen der Fauna wieder ein, Menschen und Tiere fahren weiter fort, sich lustvoll zu vermehren.

Ich empfinde diesen alten Mythos als sehr positiv und wohltuend. Mir signalisiert er: die Liebe siegt, Sexualität ist gut, alles wird sich stets zum Besten entwickeln, wenn man nur tapfer um die Verwirklichung der eigenen Pläne kämpft. Was, so frage ich mich, für ein Vorbild muß eine Göttin sein, die sich ohne Scheu auszieht, lässig auf äußerlichen Reichtum verzichtet, mutig unbekannte Wege einschlägt und sich so hohe Ziele setzt, die das zunächst unmöglich Scheinende doch noch möglich machen?

Ich mag diese Ischtar.

Wie sich ihr Leitbild wohl auf die babylonische Frauenwelt ausgewirkt haben mag?

"Gleich einer Schlange, die aus dem Loche herauskommt und um welche die Vögel flattern, mögen sich um uns die Männer miteinander schlagen", beteten die Dirnen der Hafenschenken und baten um gute Kundschaft, was nicht von schlechtem Gewissen oder moralischen Skrupeln zeugt - offensichtlich fühlten sich die Damen jenes Gewerbes des Einverständnisses ihrer Göttin völlig sicher.

Die Geschichte lehrt, daß moralische, besonders die Sexualität betreffende Empfindungen von Kultur zu Kultur anders ausfallen, nicht etwa angeboren, sondern den Menschen von Kindesbeinen her anerzogen werden. Und so lassen Sie mich unter diesem Gesichtspunkt wohlwollend über einen der urältesten religiösen Bräuche, über den sakralen Geschlechtsverkehr berichten. Die Entjungferung, als heiliger Akt im Hause der Göttin vollzogen, wurde in vielen Ländern, in Vorderasien, in Indien und bei manchen Stämmen Afrikas als etwas sehr selbstverständliches erlebt. Auch in Babylonien warteten die noch unberührten Mädchen in den Tempelvorhöfen Ischtars, bis ihnen ein Mann eine Münze mit den Worten "Zu Ehren der Göttin" in den Schoß warf, worauf die so Angesprochene sich erhob, um dem Fremden zum ersten Koitus zu folgen.

Dieses berühmte "erste Mal" sollte bewußt nicht dem Freund oder künftigen Ehemann gehören, sondern der großen Mutter, von der es hieß, sie habe die junge Frau schließlich erst mit allen, für ein lustvolles Leben erforderlichen Gaben ausgestattet. Mit jenem Akt hatte diese nun ihr persönliches Dankopfer dargebracht und war fortan befugt, auf Ehe und Mutterschaft einzugehen.

Eine andere Möglichkeit des Tempelbeischlafs boten die hauptamtlichen Tempelmädchen, die im Inneren des Heiligtums jedem, der sie verlangend aufsuchte, Liebe gewährten.

Wie im Katholizismus viele Christen ihren Herrn leibhaftig in der Hostie verkörpert glauben, wähnten die Babylonier in jenen Frauen leibhaftige Repräsentantinnen Ischtars, die es durch sexuelle Vereinigung den Männern stellvertretend möglich machten, physisch und psychisch zugleich mit der Gottheit zu verschmelzen.

Ob es sich hierbei um billiges Vergnügen oder echtes Verlangen, um eine Entwürdigung oder Hochschätzung der Frau handeln mochte, die wahren Motive jener vor 5000 Jahren lebenden Menschen werden wir heute nicht mehr rekonstruieren können. Wenn auch vermutlich längst nicht alle, die sich in geweihten Hallen der Liebeslust hingaben, von heiligen Gefühlen getrieben worden sein mögen, sollte man diesen Kult dennoch nicht vorschnell als Prostitution abwerten. Tempelmädchen genossen hohes Ansehen. Selbst Könige weihten ihre Töchter, um sie bei festlichen Anlässen stolz als Freudenmädchen - im wahrsten Sinne des Wortes - fungieren zu lassen. Nannte man sie in Babylon "Heilige", wurden sie in Griechenland als "Heilige Mägde", im Jahwetempel zu Jerusalem als "Geweihte" und in Indien als "Dienerinnen der Gottheit" tituliert.

Die absoluten Höhepunkte aller Tempelfreuden aber gipfelten im "Hierós Gámos", der Zeremonie der heiligen Hochzeit. Auch hier glaubte man, die Oberpriesterin vorübergehend verwandelt als personifizierte Göttin betrachten zu dürfen. In der Hoffnung, durch diesen Akt Potenz und reiche Fruchtbarkeit auf Menschen, Tiere und Pflanzen herabziehen zu können, vereinigten sich König und Tempelfrau unter reger Anteilnahme ihrer Landeskinder, um anschließend in einem allgemein um sich greifenden Begeisterungstaumel von jung und alt, von allen Schichten des Volkes, nachgeahmt zu werden. So reich und vielfältig man sich die neuerwachende Fauna und Flora wünschte, so wechselvoll werden die Spielregeln jener "Massensexfeste" ausgefallen sein. Geschichtsschreiber berichten, ohne jegliche Tabus seien alle nur denkbaren Variationen erlaubt gewesen. Doch nicht nur geliebte und begehrte Partner verkehrten miteinander, sondern wandten sich auch - ganz im Sinne eines Opfers - den Alten, Kranken und Häßlichen zu.

Hingabe, Gottesdienst, Orgie als heiliger Ritus, sind nicht nur im Ischtar-Kult zu finden. Vermutlich von den Sumerern ausgehend, lassen sich Riten dieser Art in der iranischen Religion der Vor-Zarathustrazeit ebenso wie in Indien, bei den irischen Kelten und im alten Germanentum nachweisen.

"Hab ich das Licht angesehen, wenn es hell leuchtete, und den Mond, wenn er voll ging, daß mich mein Herz heimlich beredet hätte, ihnen Küsse zuzuwerfen mit meiner Hand? Was auch eine Missetat ist vor den Richtern; denn damit hätte ich verleugnet Gott in der Höhe." (Hiob, Kapitel 31, Verse 26 - 28)

Hätten Sie gedacht, daß selbst biblische Überlieferungen des Alten Testamentes zahlreiche Mondkultspuren in sich bergen? Wie seit dem 3. vorchristlichen Jahrtausend die meisten Religionen des Orients von ihm stimuliert wurden, in den Frühlings- und Herbst-Tagundnachtgleichen, im vollen und neuen Licht willkommene Gelegenheiten zu ausgiebigen Festen wähnten, achtete auch das israelische Volk auf den Himmel und seine Zeichen. "Moled" nannten die Hebräer ihren Neumond. Sobald zwei Augenzeugen Moleds schmales frischgeborenes Silberhorn gesichtet zu haben glaubten, ließ Jerusalem auf sämtlich verfügbare Trompeten und Posaunen blasen und Herolde in alle Windrichtungen aussenden, um den neuen Monatsanfang in gebührender Form offiziell bekannt zu geben.

"Gott fährt auf mit Jauchzen und der Herr mit heller Posaune. Lobsinget, lobsinget Gott", heißt es hierzu im 47. Psalm. Und in seinem 81. Lied sang Salomo einst zum großen Herbsterntedank: "Hebet an mit Psalmen und gebet her die Pauken, liebliche Harfen mit Psaltern! Blaset im Neumond die Posaune, in unserem Fest der Laubhütten." (Psalm 81, Verse 3 und 4).

Obwohl sich die von Jahwe beseelten Propheten und Schreiber gewiß nicht motiviert fühlten, alt-lunare Kulte und Bräuche zu bezeugen, lassen doch etliche Textstellen seinen ehemals hohen Rang durchscheinen. Liest man zum Beispiel aufmerksam das 20. Kapitel des 1. Buches Samuel, in dem David und Jonathan ihren zweisamen Freundschaftsbund bekräftigen, wird klar ersichtlich, daß

- der König samt seinem Gefolge zur Zeit des Neumondes festlich zu speisen pflegte (Verse 5, 18, 24);
- man sich nicht im "unreinen" Zustand an jene üppigen Tafelrunden setzen durfte (Vers 26);
- es zu diesem Zeitpunkt offenbar gleichfalls üblich war, in die eigene Heimatstadt zurückzukehren, um hier, im Kreise aller Angehörigen, gemeinsame Familienopfer zu bringen (Verse 6, 28, 29).

Solcherlei Traditionen fußten auf sehr konkreten Beweggründen. Seit ältesten Epochen ahnten die Menschen intuitiv jene Verbindungen von Mond, Wachstum und Ernte, Zusammenhänge, die auch in jüngster Zeit von etlichen Agrarforschern erneut ernsthaft in Erwägung gezogen werden. Die uralte, von Kultur zu Kultur, von Generation zu Generation weitergegebene Weisheit, Aussaaten seien am besten in der anwachsenden Mondphase zu vollziehen, läßt sich weltweit wiederfinden.

Dementsprechend fielen die Traditionen hebräischer Neujahrsfeste aus, deren Beginn mit großer Wahrscheinlichkeit durch den jungen Mond des 7. Monats eingeleitet wurde. Das schon erwähnte vierwöchentliche Posaunen- und Trompetenschallen wurde nun, ähnlich unseren heutigen Silvesterparties, mit lautem "Jauchzen, Jubeln und Frohlocken" begleitet, gefolgt von Tagen emsiger Großputzaktionen, befürchtete man doch, alter Vorjahresunrat könne das noch unberührte, klar-frische Jahr ungünstig beeinflussen. Verständlich, daß Mose soviel mondisch-religiöse Verwicklungen nicht kommentarlos dulden mochte und gegen die Abgötterei nebst Gottesverehrung in Gestirnenform anzukämpfen suchte.

"... daß du auch nicht deine Augen aufhebest gen Himmel und sehest die Sonne, den Mond und die Sterne, das ganze Heer des Himmels, und fallest ab und betest sie an und dienest ihnen...", warnte er eindringlich (5. Mose 4, 19). Und im 17. Kapitel des gleichen Buches wurde gar über jeden, den mehreren Zeugen beim heimlichen nächtlichen Götzendienst beobachteten, die unverzügliche Hinrichtung durch Steinigung angeordnet. Was mochte Mose bewogen haben, noch vor Verkündung der 10 Gebote allein den siebten wiederkehrenden Tag zur offiziellen Ruhepause, die bei Nichtbeachtung ebenfalls durch Todesstrafe geahnet wurde, zu erklären? Warum hatte er es so eilig, den vertrauten lunaren Kalender abzuschaffen?

Vermutlich hoffte er, seinen Zeitgenossen damit alle triftigen Gründe der gefährlichen Mondguckerei nehmen zu können. Denn wer nach oben schaut, wer die unermeßliche Weite des Alls auf sich wirken läßt, verliert nur allzuleicht Achtung und Respekt vor den kleinlich anmutenden Gesetzen irdischer Gegenwart.

Mondkult - ernsthafte Konkurrenz der damals noch in Entstehung befindlichen Religion unseres Vater-Gottes? Welche Empfindungen mochte das alte israelische Volk mit seinem Silberlicht assoziiert haben?

Im ehemaligen Naharia fanden Archäologen eine gut erhaltene Steinform, die aus dem 17. Jahrhundert vor Christus stammen und mit großer Wahrscheinlichkeit die nackte Göttin Astarte darstellen soll. Unübersehbar heben sich zwei kühne Mondhörner vom Kopf ab, während ihr Blick leicht lächelnd auf den vorgewölbten Bauch gesenkt ist.

Man benutzte Formen dieser Art, um Kuchen zu backen, die der göttlichen Gestalt glichen, die entweder verzehrt oder in heiligen Opferzeremonien verbrannt wurden. Vermutlich handelte es sich hier um die gleichen Riten, über die sich Gott Jahwe 600 Jahre später durch den Mund seines Propheten Jeremia bitterlich beschwerte:

"... denn siehst du nicht, was sie tun in den Städten Judas und auf den Gassen zu Jerusalem? Die Kinder lesen Holz, so zünden die Väter das Feuer an, und die Weiber kneten den Teig, daß sie der Himmelskönigin Kuchen backen."

Jeremia, Kap. 7, Verse 17, 18

Das hört sich nach einem Volksfest, nach wohlig-heimeligen Familienaktivitäten an, nicht wahr? Aber lassen Sie mich, ehe wir uns der "Himmelskönigin" näher zuwenden, noch ein wenig bei Mose und den folgenschweren Geschehnissen am Fuße des Berges Sinai bleiben, der übersetzt übrigens soviel wie "Berg des Mondes" heißt.

Sicher ist Ihnen die Geschichte des goldenen Kalbes, welches Aaron aus dem freiwillig gespendetem Ohrschmuck des israelischen Volkes schmelzen ließ, noch vom Religionsunterricht her bekannt. "Denkt einmal, die frühen Menschen empfanden so primitiv, daß sie sich sogar erniedrigten, eine Kalbsform anzubeten", kommentierte unser Pfarrer einst in der kirchlichen Konfirmandenunterweisung, und ich erinnere mich, daß alle lachten. Gott erst, so hieß es dann wohlgefällig weiter, erhöhte sein Volk, indem er ihm Gesetze, Kultur und Niveau schenkte. Damals, als knapp 13-jährige, gab ich mich mit dieser Erklärung zufrieden. Heute bin ich überzeugt: die Israeliten wußten sehr wohl, was sie taten.

Ohne Moses Gegenwart wie eine führerlose Herde zurückgeblieben, sehnte man sich nach einer freundlichen Gottheit zum Schauen und Anfassen. Gerade dem Vielgötterstaat des Pharaonenlandes entflohen, war den Juden vermutlich Hathor in vertrauter Erinnerung haften geblieben: eine Göttin, die als allgewaltige sternenbesetzte Himmelskuh, einen großen prächtigen Vollmond zwischen ihren überdimensionalen Hörnern tragend dargestellt wurde. Eine Kuh nährt, wärmt und strahlt verläßliche Ruhe aus. In Zeiten großer Trockenheiten pflegten die Ägypter ein ausgesucht kräftiges Tier über der ausgedörrten Erde zu melken, um - indem die kostbare Milch den harten Boden tränkte - Hathor anzuflehen, Äcker wie Felder gleichsam mit dem so notwendigen Regen zu stillen.

Obwohl das Bild solch mondischen Mutterwesens den israelischen Bedürfnissen nach Versorgung, Schutz und Geborgenheit sicherlich entsprach, mochten sie die Gottheit ihrer langjährigen Unterdrücker vermutlich nicht übernehmen und erwählten stattdessen die Form eines Kälbchens: neugeboren, jung, entwicklungsfähig, wie die eigene Freiheit und Zukunft zu sein schien. Dasselbe Goldkalb, um das Mose sein Volk schließlich singend und tanzend vorfand, als er samt frisch beschriebenen Gesetzestafeln dem Mondberg entstieg.

Nun, den Inhalt der 10 Gebote kennen wir alle. Das Ende jener alten Wüstengeschichte aber wird jedoch kaum von den Kirchenkanzeln herab verlesen: Nachdem der zornentbrannte Führer das Götzenbildnis zerschmolzen, zermalmt und sein Pulver den Kindern Israels zu trinken gegeben hatte, "trat er in das Tor des Lagers und sprach: 'Her zu mir, wer dem Herrn angehört!' Da sammelten sich zu ihm alle Kinder Levi. Und er sprach zu ihnen: 'So spricht der Herr, der Gott Israels: Gürte ein jeglicher sein Schwert um seine Lenden und durchgehet hin und zurück von einem Tor zum anderen das Lager, und erwürge ein jeglicher seinen Bruder, Freund und Nächsten.' Die Kinder Levi taten, wie ihnen Mose gesagt hatte, und fielen des Tages vom Volk 3000 Mann." (2. Mose, Kapitel 32, Verse 26-28)

Doch trotz des blutigen Massakers, dem noch viele andere im Namen Gottes verübte Greueltaten folgen sollten, blieb der Kult der Großen Göttin bestehen und schwelte mehr oder weniger heftig im Volk weiter.

Es ist kaum möglich, alle Bibelstellen, Drohungen und Beschimpfungen, die sich auf den von Gott so sehr gehaßten und sicher auch gefürchteten Ashtoreth-Kult beziehen, aufzuführen; allein über die Hintergründe dieser Texte ließe sich ein weiteres Buch schreiben.

Astarte, Ishtar, Anath, Anahita, Hera, Ashera, schien eine ernsthafte Konkurrentin Jahwes zu sein. Selbst König Salomo, der Weise, konnte sich ihrer Faszination nicht entziehen. Im ersten Buch der Könige wird ausführlich beschrieben, wie er, seinen zahlreichen ausländischen Frauen zuliebe, offiziell mit Ashtoreth sympatisierte, "was dem Herrn übel gefiel". Und so ließ auch die "Strafe" nicht lange auf sich warten. Es kam zu einer gewaltsamen Teilung des israelischen Großreiches, "... darum, daß sie mich verlassen haben und angebetet haben Ashtoreth, die Göttin der Sidonier". Aber je drastischer die vermeintlichen, von den Propheten herbeigedrohten Vergeltungen und Heimsuchungen auf die geteilten Stämme niederprasselten, desto kräftiger wuchsen Interesse und Sympathie zu Gunsten der großen Himmelsdame.

Man erzählte, Anath bevorzuge Männerkleidung, sei aber dennoch stets wie eine Frau gegürtet. Als Herrin des Krieges wie auch der Liebe schien sie ihren Anhängern gelegentlich unbeherrscht und grausam, dann wieder sanft, phantasiereich-erotisch und ausschweifend.

Hier wurden offenbar noch beide Seiten, böse und gute Charakterzüge, als Bestandteile menschlichen Grundwesens akzeptiert.

Die Himmelskönigin liebte Götter, Menschen und Tiere, wobei der Bruder-Geliebte Baal den Spitzenplatz ihres Herzens einnahm. Wenn sie, so fabulierte das Volk, im frischen Himmelstau gebadet und mit wohlduftendem Amber des Pottwals gesalbt auftrat, entließ er alle anderen Frauen, um nur mit Anath allein zu sein. Viele Legenden und Mythen, oft von namhaften Künstlern dargestellt, rankten um das Liebesleben dieser beiden, wie etwa jene Überlieferung, nach der Anath und Baal an einem Ort namens Dubr ganze 77 Mal miteinander verkehrt haben sollen, wobei sich die Göttin ihrem Liebsten in Gestalt einer Kuh hingab.

Wo ihre Kulte vollzogen wurden, schienen Selbstwertgefühl und gesellschaftliches Ansehen der Frauen merklich anzusteigen; ein interessanter Nebeneffekt, der in fast allen von Mutterreligionen geleiteten Kulturen zu beobachten ist und den Verfechtern des Patriarchats natürlich höchst ungelegen kam. Deshalb ließ Jahwe durch den Mund seines Propheten Jesaja der weiblichen Welt ausrichten:

"Und der Herr spricht: Darum, daß die Töchter Zions stolz sind und gehen mit aufgerichtetem Halse, mit geschminkten Angesichtern, treten einher und schwänzen und haben köstliche Schuhe an ihren Füßen, so wird der Herr den Scheitel der Töchter Zions kahl machen, und der Herr wird ihr Geschmeide wegnehmen." (Jesaja, Kap. 3, Verse 16, 17)

Die eigentliche Säuberungsaktion setzte, etwa 622 vor Christus durch König Josia ein. Zwar gelang es ihm nicht, die "schändliche Abgötterei" völlig auszurotten, ihr wohl aber einen empfindlichen Schlag zu versetzen. Vor allem jedoch beweisen seine Maßnahmen, wie sehr die Mondgöttin ihren Gegnern mißfallen haben mußte, mit welch unerbittlicher Härte und Brutalität diese vorgingen, um ihre Religion, ja, jegliche Erinnerungen an ihre Person auszulöschen.

So ließ Josia sämtliche der Astoreth und anderen Himmelsidolen geweihten Bilder und Opfergeräte vor den Augen des verschreckten Volkes verbrennen, die Asche auf die kahlen Grabfelder "gemeiner Leute" streuen, Häuser, in denen Tempelmädchen ihre Liebesdienste anboten, gewaltsam niederreißen, die Hohlräume mit Menschenknochen aus zuvor aufgescharrten Gruften füllen und als "krönenden Abschluß" gar alle "falschen Priester" auf ihren eigenen "falschen Altären" verbrennen - nachzulesen im 23. Kapitel des 2. Buches der Könige.

Heute lassen nur noch Bibelfunde verstümmelter Ortsnamensreste wie "Anatot" oder "Beth Anath" die große Vergangenheit hebräischen Göttinnentums ahnen. In einem historisch-mythischen Bericht taucht eine Stadt namens "Ascherot-Karnaim" auf, was ihrer mondischen Bedeutung gemäß übersetzt "Astarte von den zwei Hörnern" heißt, trauriges Überbleibsel des ältesten Menschheitsidols, der göttlichen Urmutter.

Unsere Reise steuert allmählich ihrem Ende entgegen. Eine der letzten Stationen ist die alte Kultur Ägyptens, in deren imposantem Göttergefüge auch diverse Mondmajestäten hoheitsvolle Plätze einnahmen.

So pflegte man dem falkenköpfigen, goldscheibengekrönten Gott Chons nebst Eltern alljährlich das große Opetfest zu widmen. Auf prächtigen, schwimmenden Tempeln gleichenden, geschmückten Schiffen, wurde die heilige Familie nilaufwärts gen Luxor gerudert, von jubelnden Mengen umsäumt, die derlei Prunkfahrten mit erotischen Tänzen und eindrucksvollen Waffenspielen begleiteten.

Noch heute spiegeln an den Wänden der hohen Säulenhalle des Luxortempels die berühmten Reliefs des Tut-anch-Amun ihren aufmerksamen Betrachtern die ausgelassene, freudengeladene Stimmung jener Feste wider.

Oder kennen Sie Mondgott Thot, Symbol der alt-ägyptischen intellektuellen Elite? Seine zumeist aus tiefblauer Keramik geformten Statuen stellen ihn mit Ibis-, Affen- oder Hundekopf dar, immer aber mit mattschimmernder, perlmutterner Sichel- oder Kugelform geadelt. Sein Hauptfest wurde einige Tage nach dem ersten Neujahresvollmond gefeiert, bei dem Anhänger einander Süßigkeiten, Honig und Feigen schenkten und mit den Worten "Süß ist die Wahrheit" grüßten.

Thot, Schirmherr der Literatur, Hüter der Weisheit, Schutzgeist aller Erfindungen, Beistand der Mediziner und helfende Stütze der Magier. Thot, der später unter dem Namen "Hermes Trismegitos" alle anderen Landesgötter überdauern sollte. Seine Bibliothek im Tempel von Hermopolis war weit über die Landesgrenzen hinaus bekannt, und man munkelte gern von geheimen unterirdischen Tunneln, in denen wertvolle, von ihm persönlich beschriebene Papyrosrollen lagern sollten. Zu den üppigen Anlagen der Heiligtümer gehörten etliche Werkstätten und liebevoll angelegte Gärten; die inneren Höfe, Säulenhallen und Prunksäle durften indessen nur von wenigen privilegierten Gläubigen betreten werden, glaubte man Thot doch durch die

Anwesenheit seines Bildes, das in der allerinnersten "Cella" aufbewahrt wurde, real vertreten.

Apropos Tempel. Viele Priester zogen hier kleine Mantelpaviane auf. Wußten Sie, daß diese Äffchen bei abnehmendem Mond die Köpfe hängen lassen, Nahrung verweigern und völlig apathisch sind? Sobald sich Luna aber erneut zu runden beginnt, wachsen auch bei ihnen wieder Appetit und Lebenslust.

Noch mehr Ansehen genossen Katzen. Der Grund dafür sei, erklärt Plutarch, weil sich ihre Augen im vollen Nachtlicht weiten, weil sie gleich diesem veränderlich und fruchtbar seien. Zudem brachte man Katzen intuitiv mit Hathor, der schon erwähnten Kuhgöttin in Verbindung und achtete sie später als eine Reinkarnation der großen Isis, die uns in nachfolgenden Kapiteln noch ausführlicher begegnen wird.

Wie solcherlei Vorstellungsverknüpfungen entstanden sein mögen? Ich empfinde diesen Vergleich passend wie kaum ein anderer. Viele Katzenliebhaber werden mir sicher Recht geben. Als typisch Alleinerziehende, treu und fürsorgend gegenüber ihren Jungen, ist die Kätzin niemals einem Kater untertan. Anmutig-geschmeidig kann sie zärtlich und liebevoll, aber auch wild und zornig sein und geradewegs zu einer reißenden kleinen Bestie werden, wenn sie sich bedroht oder angegriffen fühlt. Selbst Haustiere mögen sich nicht anpassen, sondern lieben und genießen ihre Freiheit. Katzen sind kleine Persönlichkeiten, heißt es doch nicht umsonst, nur tolerant-großmütige Menschen könnten mit ihnen auskommen. Katzen sind so, wie Frauen nach mehr oder weniger unverhohlener Ansicht vieler Männer und männlicher Religionsvertreter nicht sein sollten, nämlich stolz und unabhängig.

An dieser Stelle muß ich ein wenig ausschweifen, denn die soeben aufgeführten Assoziationen beschränken sich nicht nur auf ägyptischen Boden. Katzen - geistesverwandte Wesen der großen Göttin? Tatsächlich schien der frühe Katholizismus echte Antipathien gegen diese spezielle Spezies zu hegen, denn es war in jungchristlichen Bräuchen mancherorts üblich, sie zum Fastnachtdienstag auszupeitschen, und am darauffolgenden Karfreitag lebendigen Leibes zu verbrennen. Sollte durch solcherart "Hinrichtungen" die besondere "weibliche Schuld", der Ungehorsam Evas, der alle nachfolgenden Menschen mit "Erbsünde belastete", angeprangert werden? Bezweckte man, Frauen mit "aufgerichtetem Halse" Angst einzujagen? Läuteten Aktionen dieser Art die mittelalterlichen Hexenverfolgungen ein? Später wurden den eigensinnigen Samtpfoten sehr bewußt schlechte Omen angedichtet. Schließlich schienen sie nur noch passende Begleitgenossen undurchsichtiger Kräuterweiber und dunkler Schwarzkünstler zu sein. Hört man nicht auch in unseren Tagen gelegentlich noch den kleinen Vers "Schwarze Katze von rechts - da pecht's"?

Wie dem auch sei, die alten Ägypter jedenfalls pflegten sich, starb einer ihrer geliebten "Haustiger", als Zeichen großer Trauer eine Augenbraue abzurasieren.

Verlassen wir nun ihr Territorium und steuern zum Abschluß des Kapitels auf das Herz unserer Erde, auf Afrika zu.

Wenn ich an dieses Land denke, kommt mir stets eine besondere Szene aus "Roots" in den Sinn, ein Film, der nach dem gleichnamigen Roman von Alex Haley gedreht wurde. Omoro sucht, seinen neugeborenen Sohn Kunta zärtlich in den Armen wiegend, den Schutz der nächtlichen Einsamkeit. Er hält das Baby vertrauensvoll dem mond- und sternenfunkelnden Himmel entgegen und flüstert dem winzigen Bündel leise "Siehe - einzig dieser ist größer als du selbst", ins Ohr.

Was für ein Taufspruch! Omoro und die Seinen verehrten Allah!

Andere Stämme kannten ähnliche Riten. So erwarteten Baganda-Frauen die nahenden Vollmondnächte, ehe sie ihre Babys in ein erstes Bad tauchten, während die Xhosa und Sotho im Süden des Landes nach der Geburt eines jeden Kindes den Yandla-Ritus vollzogen, einen Brauch, der auch in jetziger Zeit durchaus noch praktiziert wird: Pünktlich zum Tag nach Neumond begibt sich die junge Mutter hinter ihre Hütte, entzündet ein Feuer, um einen brennenden Holzscheit gen Himmel zu werfen. Exakt im gleichen Moment tritt die Großmutter mit dem Säugling in Erscheinung. Sie hebt das Baby empor, ruft ihm den Satz "sieh dir deinen Mond an" zu und legt es dann feierlich auf den Aschenhaufen nieder. Nun darf auch der Vater sein Kind küssen und liebkosen. Geistig oder körperlich zurückgebliebene kleine Stammesabkömmlinge aber werden halb scherzend, halb liebevoll entschuldigend mit der milden Redensart "man hat wohl vergessen, dir deinen Mond zu zeigen" bedacht.

Planten die Könige der alten Zimbabwe-Stämme Südrhodesiens ihre Eheschließungen, geschlechtlichen Beziehungen und öffentlichen Auftritte respektvoll nach den lunaren Phasen, glaubten die Buschmänner schlicht, das große Nachtlicht gehöre einer Heuschrekke, der sogenannten Gottesanbeterin, die den guten Weisen aus einem Schuh hervorgezaubert habe; eine Vorstellung, die sie jedoch keineswegs hinderte, diesen, gleich allen anderen imposanten Naturerscheinungen, aus vollstem Herzen anzubeten:

"Oh Mond dort oben! Hilf mir morgen eine Gazelle erlegen! Gib mir Gazellenfleisch zu essen! Hilf mir, daß ich mit diesem Pfeil eine

Gazelle treffe, mit diesem Pfeil! Gib mir, daß ich mich sattessen kann an Gazellenfleisch! Hilf mir, daß ich mir heute Nacht den Magen füllen kann! Oh Mond dort oben! Ich wühle in der Erde nach Ameisen, gib mir doch zu essen."

Das erinnert ein wenig an die "Mond, oh Mutter Mond"-Bitten der Pygmäenvölker, nicht wahr?

Dabei bedeutete er den Afrikanern weit mehr als nur Lichtquell kühl-erfrischender Nächte oder Spender von Feuchtigkeit und Nahrung; denn gerade im Mythenschatz des schwarzen Kontinents spiegelt sich jene alte, weltweitverbreitete Botschaft, die Kunde von der Unvergänglichkeit des Lebens besonders deutlich wider.

Eine der vielen tiefgründigen, aus der Buschmänner-Zeit stammenden Sagen erzählt, wie der gute Mond vor langer, langer Zeit einst allen irdischen Geschöpfen Leben nach dem Tode versprach. Ein Mann jedoch, dessen Mutter gestorben war, zweifelte am Wahrheitsgehalt jener mondischen Lehre und ließ sich von derartig schmerzvollem Herzeleid übermannen, daß er nur noch zu jammern und klagen vermochte. "Deine Mutter schläft", sprach ihm der Mond deshalb tröstend zu. Aber der Trauernde schluchzte nur ein störrisches "Nein, sie ist tot" zurück. So entstand ein Streit zwischen beiden, in dessen Verlauf der Mond sehr ärgerlich wurde. Schließlich verlor er die Geduld. Verbittert und erbost zugleich sprach er allen Menschen das Recht auf Unsterblichkeit ab. Den Ungläubigen aber schlug er ins Gesicht, zerhieb seinen Mund und verfluchte ihn auf ewig zu einem furchtsamen, flüchtenden Hasen, weshalb die Buschmänner bis zum heutigen Tage keine Hasenlenden anrühren mögen.

Es gibt noch andere, von Stamm zu Stamm unterschiedliche, dennoch im Kerngehalt ähnlich lautende Versionen, wie etwa die Überlieferung der Namaqua, nach der Meister Lampe als Gesandter beauftragt wurde, besagte Nachricht in die Welt zu tragen - und die Übermittlung prompt völlig verdrehte. Hier spaltete der zornentbrannte Mond gleichfalls die Lippen des unzuverlässigen Boten, verdammte ihn gleichfalls zum ewigen Läufer, worauf Herr Langohr ihm das Gesicht zerkratzte. Interessanterweise essen auch die Namaqua-Männer nicht nur kein Hasenfleisch, sondern meiden sogar tunlichst jegliches Feuer, auf dem solches zubereitet wurde. Wer gegen dieses Verbot verstößt, muß das Dorf verlassen und darf nur gegen Zahlung einer entsprechenden Geldsumme hoffen, wieder in die Gemeinschaft aufgenommen zu werden.

Wir sind am Endpunkt unserer Mondkult-Entdeckungsreise angelangt.

Ob Magie, Göttinnentum, Sexualität, Fruchtbarkeit, Tod oder Wiedergeburt, es scheint schier unmöglich, all die unterschiedlichen Mensch-Mond-Vorstellungen aneinanderzureihen oder gar auf einen gemeinsamen Nenner zu bringen. Aber die Idee, jene für jedermann offen am Himmel sichtbaren mondischen Wechselphasen auf das eigene Schicksal beziehen zu können, zieht sich wie ein roter Faden durch alle Kontinente und Epochen. Projektionen der Psyche. Urempfindungen.

Der gute alte, ewig-junge Mond als Vorbild?

Wie er anwächst, glanzvolle Höhepunkte erreicht, verlierend abnimmt, sich in sich selbst zurückziehend ausruht, um schließlich wieder einen neuen Anfang zu machen, so haben unsere Vorfahren ihn als Vorbild zur Bewältigung der eigenen irdischen Herausforderungen verstanden - und als tröstenden Fingerzeig auf eine mögliche Überwindung des Todes erahnt.

Und weil von jeher Frauen die starken, tragenden Stützen dieser lunaren Urreligionen gewesen sind, habe ich das folgende Kapitel den versunkenen Glanzzeiten der großen matriarchalen Kulturen gewidmet - der hohen Zeit der Weiblichkeit.

Die hohe Zeit der Weiblichkeit

Ich sagte nur: "Wenn sich des abends der runde Vollmond in den Zweigen jenes Kadambaumes verwirrte, könnte ihn da jemand fangen?"

Aber Dada lachte mich an und sagte: "Bubi, du bist das dümmste Kind, das ich gekannt habe. Der Mond ist, ach so weit von uns, wie könnte ihn denn einer da fangen?"

Ich sagte: "Dada, wie närrisch zu bist! Wenn Mutter hinausschaut aus ihrem Fenster und herunter lächelt auf uns beim Spielen, würdest du sagen, sie wäre weit weg?"

Doch Dada sagte: "Du bist ein einfältiges Kind! Bubi, wo würdest du denn ein Netz hernehmen, groß genug, um den Mond damit zu fangen?"

Ich sagte: "Sicher könntest du ihn mit deinen Händen fangen."

Aber Dada lächelte und sagte: "Du bist das dümmste Kind, das ich kenne. Wenn er näher käme, würdest du sehen, wie groß der Mond ist."

Ich sagte: "Dada, was für Unsinn sie in deiner Schule lehren! Wenn Mutter ihr Gesicht herunterbeugt, um uns zu küssen, schaut ihr Gesicht sehr groß aus?"

Dada sagte aber doch: "Du bist ein dummes Kind."

aus "Der zunehmende Mond"
von Rabindranath Tagore
(Anmerkung: Dada = älterer Bruder)

Göttinnenanbetung und Verehrung weiblicher Vorzüge und Stärken sind fast so alt wie die Menschheit selbst. Schon im Eiszeitalter, etwa 24.000 Jahre vor Christi Geburt, formte man kleine, eindeutig als weiblich identifizierte Figuren, von denen unzählige mehr oder weniger gut erhaltene Funde in Gebieten zwischen Rußland und den Pyrenäen entdeckt wurden.

Noch auffälligere feminine Rundungen weisen etwa aus der gleichen Zeit stammende Freilegungen auf, die im Nildelta und weiterem Afrika ausgegraben wurden. Hier förderten Archäologen imposante Frauengestalten mit schweren hängenden Brüsten und herausfordernd dicken Bäuchen zutage. Im englischen Norfolk stießen Altertumsforscher auf Fruchtbarkeitsgöttinnen samt reichlichen Opfergaben, von denen man annimmt, daß sie aus der Jungsteinzeit stammen und somit immerhin schon gute 5000 Jahre in der Erde geruht haben müssen. Eine Liste ähnlicher Funde ließe sich seitenweise weiterführen.

Das Prinzip der Weiblichkeit, der Glaube an eine liebende, fruchtbare Muttergottheit, schien die Vorstellungs- und Glaubenswelt aller Menschen rund um den Globus von jeher beherrscht zu haben. Ein wirklich so unmöglicher, ungewöhnlicher Gedanke?

Für jeden von uns, gleich ob männlich oder weiblich, war bzw. ist die Verbundenheit mit der leiblichen Mutter die erste wichtige Lebensbeziehung. Von der vertrauten Phase des Einsseins während der Schwangerschaft einmal abgesehen, deren Bedeutung heute von keinem Psychologen mehr in Frage gestellt wird, prägt das Verhalten der sogenannten Beziehungsperson die gesamte weitere Entwicklung des Neugeborenen.

In der Regel ist es die Mutter, die das Kind nährt und pflegt und ihm somit alle für das weitere Leben unbedingt notwendigen Gefühle der Geborgenheit, des sooft zitierten Urvertrauens vermittelt. Unter diesem Aspekt scheint mir der Gedanke an eine Göttin völlig naheliegend, geradezu natürlich und logisch zu sein.

Aber unsere Voreltern konnten sich auf noch andere Argumente berufen. Weil die Lebensdauer der Damaligen wesentlich kürzer, die Kindersterblichkeit jedoch sehr viel höher als heute gewesen sein muß, weil Hungersnöte und Seuchen ganze Sippschaften und Völker in regelmäßigen Abständen auslöschen konnten, war man auf die Fruchtbarkeit und Gebärfähigkeit einer jeden einzelnen Frau angewiesen. Mutterschaft wurde aufs höchste geschätzt. Als die Frauen sich außerdem, etwa im Zeitalter der Neusteinzeit, Fertigkeiten wie Ackerbau und Töpferei anzueignen begannen, gewann weibliches Ansehen abermals an Bedeutung. Während die "Herren der Schöpfung" aufwendige Zeiten ihres Lebens mit Jagen verbrachten, den Gefahren der Außenwelt, der wilden Tiere und den Bedrohungen durch feindliche Stämme ausgesetzt waren, hatten die daheimgebliebenen Frauen vermutlich ein wenig mehr Ruhe und Muße, um handwerkliches Können und eigene Intelligenz zu kultivieren, wodurch sich eine leichte geistige Überlegenheit entwickelt haben könnte.

Doch ich glaube, wir dürfen auch den Aspekt der Kriege und Verschleppungen nicht außer acht lassen. Aus Angst vor Blutrache war es üblich, alle Männer und männlichen Nachkommen der besiegten Gegner zu töten, Frauen und Mädchen aber zu versklaven. Gehörten diese nun einer höheren Kulturstufe an, waren sie intelligenter als ihre Eroberer, liegt es auf der Hand, daß just jene Frauen irgendwann das Zepter ergriffen, als Lehrmeisterinnen ihr Wissen und Können den anderen zu vermitteln suchten - und bald von der Umwelt dementsprechend geschätzt und geehrt wurden. Es gibt sogar Theorien, nach denen Isis, Inanna und andere Mondgöttinnen solch überlegene "Eroberungen" gewesen sein könnten; gebildete Frauen, die allen weniger Kultivierten ihrer Zeit als "göttlich-weise" erschienen, durch deren Wirken die Vorstellung "Göttin lehrt Menschen und erwählt Könige" entstanden sei.

Vermutungen. Aber so oder so ähnlich mag sich der Keim für eine mutterrechtliche Kultur entwickelt haben. Die Frau - Spenderin des Lebens, Hüterin der Nahrung, Herrin des Hauses, Quelle ständig neuer Einfälle und Ideen - aus solcherlei Funktionen kristallisierte sich allmählich das Matriarchat heraus, eine Gesellschafts- und Sozialordnung, in der überwiegend Mütter bzw. Frauen in Familie und Gesellschaft die beherrschende Rolle spielten.

MatriarchatsforscherInnen gehen davon aus, daß jene große Epoche zwischen das 9. und 7. Jahrtausend zu datieren sei, denn aus dieser Zeit stammen die meisten archäologischen Funde: stattliche Statuen in langen Gewändern, mit hochaufgebundenen, turmartigen Haartrachten, manchmal sitzend, hockend und offensichtlich gebärend, oft auch stehend, beide Arme unter die überquellenden Brüste gepreßt.

In manchen Gegenden fand sich die Göttin als Schlange oder Taube versinnbildlicht wieder. Immer aber wirkt sie aufrecht stolz und niemals leidend oder gar demütig. Gerade so, als wollte sie auf ihre Art sagen: "Schaut mich an! Kopf hoch, und folget mir nach!"

Leider besitzen wir fast keine schriftlichen Überlieferungen und wissen somit wenig Konkretes über damalige Riten und Bräuche. Übermittlungen lassen sich lediglich aus Mythen herauslesen. Wirken diese auf uns zunächst auch mehrdeutig oder unverständlich, muß man zudem davon ausgehen, daß Mythen im Laufe der Geschichte verändert und entstellt, häufig sogar bewußt ins Gegenteil verkehrt wurden, dürfen doch - zumindest sinngemäße - wahre Widerspiegelungen sozialer Zustände darin gesehen werden.

Und - Hand aufs Herz - können andere, selbst jüngere religiöse und geschichtliche Überlieferungen eine wirkliche Garantie für ihren Wahrheitsgehalt geben? Ist man sich nicht selbst in christlich-theologischen Kreisen bewußt, daß sogar die Bibel, das offizielle Wort Gottes, keinen getreuen Wortlaut der Urtexte aufzuweisen vermag? Und selbst wenn dem so wäre, beruhten diese Inhalte doch lediglich nur auf der Wahrheit der Inspirationen ihrer Verfasser?

Nun aber möchte ich Ihnen eine der vielen wunderschönen Matriarchatsmythen vorstellen. Sie stammt aus dem Kulturschatz der Luyia, die in Kenia zu Hause sind:

Gott schuf den Mond vor der Sonne. Weil der Mond aber sehr viel größer, schöner und heller als sie selbst strahlte, wurde die Sonne neidisch und begann ihren Bruder zu bekämpfen. Zunächst schien sie die Schlacht zu verlieren, wurde niedergeworfen und bat um Gnade. Dann aber gewann sie an Stärke, bespritzte den Mond bald mit Dreck und zog ihn mit aller Kraft durch den Schmutz. Das schadete seiner Leuchtkraft sehr. Da schaltete sich Gott ein. Und weil er einen weiteren Kampf verhindern wollte, verfügte er, daß nun die Sonne heller glänzen und ihr Licht des Tages Königen und Arbeitern senden dürfe, während der Mond nachts Hexen und Dieben scheinen sollte.

Lassen Sie uns die anfänglich so ungetrübt strahlende Mondscheinepoche näher beleuchten.

Schon im letzten Jahrhundert erklärte der bekannte Kulturhistoriker und Mythenforscher Johann Jakob Bachofen, er könne für Athen, Kreta, Limnos, Elis, die westlich des Golfes von Euböa gelegene altgriechische Landschaft Lokris, für das ehemalige Mantinea im östlichen Arkadien, für Mitilini, für Orchomenos, einer lang versunkenen Stadt im mittelgriechischen Böotien, für Cantabrien in Nordspanien, für die Südtürkei, Ägypten, Zentralasien, Tibet und für Indien ein mutterrechtliches Zeitalter nachweisen.

Bachofen und viele andere Historiker halten darüber hinaus ein solches für den ganzen Rest der Welt für sehr wahrscheinlich.

Haben Sie schon einmal von Catal Hüyük, der wohl ältesten ausgegrabenen Stadt der Erde gelesen? Hier, in der südöstlichen Türkei, scheint man auf eine typische Matriarchatssiedlung gestoßen zu sein, die im 7. Jahrtausend mit schätzungsweise 10.000 Einwohnern eine bedeutsame Metropole ihrer Zeit gewesen sein soll. Mit üppigen Obsidianvorräten begütert, einem schwarzen, glasig-harten Vulkangestein, verfügten ihre BürgerInnen über genügend Material, um alle nur denkbaren Gerätschaften zum gewinnbringenden Handel wie zum reichlichen Eigenbedarf herstellen zu können. Doch obwohl man offensichtlich rundum wohlhabend war, zeichnete sich das Innere aller ausgegrabenen Häuser durch eine erstaunlich gleichartige Bauweise aus. Diese Zeit schien noch keinen Standesdünkel, keine Statussymbole und kein extremes Arm-Reich-Gefälle gekannt zu haben. Sehr wahrscheinlich erfreuten sich die Menschen einer sozial gerechten Gesellschaftsform, die sich in anderen mutterrechtlichen Staaten gleichfalls nachweisen läßt. Die Wohnstätten, ähnlich unseren heutigen Reihenhäusern eng aneinander gebaut, bildeten nach außen einen schützenden, jederzeit leicht zu verteidigenden Mauerring der sich aber als eine völlig unnötige Vorsichtsmaßnahme erweisen sollte, denn Archäologen konnten keinerlei Spuren irgendwelcher kriegerischer Auseinandersetzungen finden. Sie glauben daraus folgern zu dürfen, daß Catal Hüyük eine rund 1000-jährige Friedenszeit und eine relativ ungestörte kulturelle und wirtschaftliche Entwicklung erlebte.

Das ist imponierend, nicht wahr?

Trotzdem gab es auch hier gelegentliche Katastrophen, wie etwa Großbrände, die durch offene, inmitten der Wohnräume befindliche Feuerstellen recht leicht ausbrechen konnten. Unglücksfälle, die, nach Berechnungen des an den Ausgrabungsarbeiten maßgeblich beteiligtem Archäologen James Mellaart, etwa alle 100 Jahre einmal vorkamen.

Catal Hüyük schien ein wichtiges kulturelles Zentrum gewesen zu sein. Allein 40 freigelegte Kulträume zeugen von der tiefen Religiosität jener Einwohnerschaft, in der Männer - den Skelettfunden nach ohnehin in der Minderheit - eine eindeutig untergeordnete Rolle spielten. Es fanden sich keinerlei Darstellungen irgendwelcher maskulinen Gottheiten, alle Funde drücken typisch weibliche Symbole und Formen aus. Viele Teile können im archäologischen Museum Ankaras besichtigt werden.

Eine der eindrucksvollsten und aussagekräftigsten Entdeckungen verkörpert eine hoheitsvolle, respekteinflössende Göttin, die unter stilisierten Hörnern, mit erhobenen Armen und weit ausgebreiteten Beinen kraftvoll einen Stier gebiert.

Die Hörner der späteren Ascheroth-Astarte? Mondhörner?

Träume zulassen.
Flügel wachsenlassen.
Feuer - Begeisterung tanzen.
Sonnenmondtrunkene Lieder singen.
Die Farbe blau als Segel setzen
auf der Fahrt zum Meer der Meere.
Ich bin Harfe und Trommel zugleich.
Ingeborg Leiber.

In allen Frauenkulturen spielten Tänze eine äußerst hervorgehobene Rolle. Sie dienten jedoch nicht zur lustvollen Abwechslung oder spielerischen Möglichkeit, den schweren Alltag zu vergessen, sondern galten als heiliges Ritual, als intensive Magie, als Versuch, mit der eigenen Seele und allen himmlischen Kräften Kontakt aufzunehmen.

Dunkelheit - Nachtstille - Sternenhimmel - Mondtänze. Könnten Sie sich vorstellen, Ihre Gefühle und religiösen Ahnungen, alle Ängste, geheimsten Wünsche und Sehnsüchte durch Bewegungen auszudrücken, auszuleben?

Ursprünglich tanzten unsere Urmütter, wenn ihre Mondin zu entschwinden drohte. Sie erlebten die eigenen Gebärden und Gesänge als gemeinsames, lebensnotwendiges Unternehmen, um ihre geliebte Göttin vom Fortgehen abzuhalten, dann zur Rückkehr zu bewegen und ihr schließlich bei der eigenen Wiedergeburt unterstützend beizustehen.

Von etlichen Eingeborenenstämmen Afrikas, die ähnliche Riten noch in unserer Zeit pflegen, wissen wir, daß man hier oft und gern bis zur Ekstase und totalen Erschöpfung, ja, bis hin zur Ohnmacht tanzt, die als ein höchst ehrenwerter Zustand angesehen wird, denn wer in Bewußtlosigkeit fällt, kann sich rühmen, dem Himmel sein letztes dargebracht, sich selbst geopfert zu haben. Ohnmachtserwachen aber wurde als verheißungsvolles Vorgefühl auf die einst zu erwartende Wiedergeburt interpretiert.

Tatsächlich schien den matriarchalen Völkern die Idee des endgültigen, unwiderruflichen Todes fremd zu sein. In vielen religiösen Überlieferungen hieß es, Frauen könnten niemals sterben. Sie zögen sich im Alter lediglich für eine kleine Weile in die Einsamkeit zurück, um verbrauchte Haut gegen frische, gesunde eintauschen zu können. Andere Stämme lebten in der tröstlichen Gewißheit, die mondische Göttin werde sich bei so viel aufrichtiger Anteilnahme revanchieren, indem sie den Tanzenden nebst Angehörigen nach dem Tode gleichfalls hilfreich zur Seite stehe. Man glaubte, alle Verstorbenen in ihren Armen oder zwischen den Flügeln geborgen auf die verheißene Wiedergeburt wartend zu wissen und war überzeugt, in jedem neugeborenen Baby einen alten Ahnen begrüßen zu dürfen.

Wie die Tänze der ab- und zunehmenden Phasen aber von einem bittend-beschwörenden Charakter beseelt waren, so lobte und bewunderte man die füllige Schönheit der runden Göttin in fröhlichen und oftmals erotisch gefärbten Vollmondfesten.

Solcherlei Motive bildeten einen lockeren religiösen Rahmen, schrieben aber keinerlei dogmatische Lehren vor.

Was gedacht, gebetet, gesungen und in jene mondbeschienenen Zeremonien hineininterpretiert wurde, blieb der Phantasie und Herzensweisheit eines jeden Gläubigen selbst überlassen. Matriarchale

Religionen waren liberal und freizügig wie ihre Heiligtümer, die man stets gen Himmel geöffnet hielt, damit alle Lichter hineinleuchten und ihre irdischen Kinder bzw. Geschwister segnen konnten.

Hier, in den alten, zum Teil bis heute noch erhaltenen Steinkreisen und megalithischen Bauten erwartete man in vertrauter Gemeinsamkeit die Sonnengeburt der Wintersonnenwende, feierte Frühlings- und Herbst-Tagundnachtgleichen, Sommersonnenwenden und vieles mehr. Gleichzeitig aber bildeten jene Einrichtungen exakte Mond- und Sonnenkalender.

Hätten Sie gedacht, daß schon die Menschen der Jungsteinzeit die tagtäglichen Mondaufgangszeiten bis auf ganz minimale Abweichungen korrekt berechnen konnten? Prof. Alexander Thom aus Oxford, der etwa 400 prähistorische megalithische Bauten untersuchte, ist davon überzeugt. Besonders die Externsteine im deutschen Lipperland sowie Stonehenge in Südengland zeugen von der phänomenal anmutenden Baukunst jener vorgeschichtlichen Kulturen. Aber das ist noch längst nicht alles.

Darüberhinaus läßt sich anhand hochempfindlicher Geräte nachmessen, daß hier - vornehmlich zu den Sonnenaufgängen der Tagundnachtgleichen - oftmals auffallend starke Ultraschallwellen und verstärkte radioaktive Strahlen ausgehen. Zudem erzeugen diese Bauten einen meßbaren Ultraschall-Sperring, der sich spiralenförmig nach innen bis zur totalen magnetischen Stille vermindert. Frühe Kultstättenzentren waren also, ähnlich dem uns heute bekannten faradayischen Käfig, von Strahlen und Magneteinflüssen aller Art abgeschirmt. Orte absoluter Ruhe und Stille.

Glaubte man sich hier den kosmischen Kräften am ehesten verbunden? Interessanterweise läßt sich auf sogenannten Infrarotphotos deutlich ein von den Hauptsteinen ausgehender, himmelwärts flammender Lichtstrahl erkennen. Das kann kein Zufall sein. Offenbar besaßen die frühen Menschen ein sehr viel feineres Gespür für Strahlen, Strahlenfreiheit und deren Wirkungen auf Körper und Geist als wir. Verlorengegangenes Wissen oder verkümmerte Instinkte?

Überhaupt scheint es mit den Spiralformen eine besondere Bewandtnis zu haben. Schon die Siegestempel des alten Catal Hüyük brachten durch solche und ähnliche Formen die positive Lebensgrundstimmung ihrer Zivilisation zum Ausdruck. Viele Male stellen sie neben mäandrischen Ornamenten und Rautenmustern weitausschwingende, wieder in sich zurückfließende Linien und Spiralen dar: Nichts geht verloren. Alles kehrt zum Urkern zurück, um aus diesem neu geboren zu werden. Die Spirale ist eine unzählige Male in Fauna und

Flora vorkommenden Grundform der Natur. Magnetfelder sammeln sich, Tornados saugen, Wetterhochs steigen und Schlingpflanzen wachsen spiralenförmig. Nicht zuletzt werden die Wechselwirkungen des Mikro- und Makrokosmos den Spiralformen der Milchstraße und des ganzen Universums zugeschrieben.

Alte Darstellungen erfolgten stets nach einer Grundschablone, die aus einem Kreuz, vier Punkten und vier Halbmonden bestand. Sie schmückten Gräber, sakrale Räume, Krüge, Gürtel, Armreifen und andere wertvolle Schmuckstücke. Mehr noch: die Spiralform wurde nach einem exakt vorgegebenen Muster, das dem scheinbaren Himmelslauf der Mondin entnommen war, seit Urzeiten getanzt. So bewegte man sich stets linksherum schreitend von außen nach innen auf den Mittelpunkt zu, harrte hier eine Weile aus, um schließlich - gleich dem göttlichen Nachtlicht - rechtsherum nach außen zurückzutanzen.

Reigen dieser Art versinnbildlichten zugleich die Suche nach dem eigenen inneren bzw. göttlichen Zentrum. Je nach Bedürfnis, Ritual und Jahreszeit hofften die Frauen im Spiralenherzen entweder den Kern des ewigen Lichtes aufzuspüren, um von diesem einen kleinen Teil in die Außenwelt zu tragen, oder sie durchlebten symbolischen Tod und Wiedergeburt, wobei der zurückdrehende Tanz zugleich als befreiender, neu-geistiger Anfang empfunden wurde. So erfüllten diese Riten einen tiefen, bis an die untersten Seelenschichten rührenden Sinn.

Frust, Traurigkeit, Schuld und andere negative Gefühle schwingend hinter sich zu lassen, sich mit dem Kosmos, der Welt und dem eigenen Ich zu versöhnen, um schließlich symbolisch verwandelt aufzuerstehen mit wieviel frischer Kraft und Zuversicht werden jene Tänzerinnen wieder aus ihrer Spirale herausgetreten sein?

Wenn ich darüber nachdenke, kommt mir eine Ahnung, welch therapeutisch-heilsamen Wert und seelische Aufbauarbeit solche Zeremonien zu bewirken vermögen. Parallelen zur christlichen Sündenlossprechung fallen mir ein, die sicher von vielen Gläubigen als ähnlicher Befreiungsakt empfunden wird; hier aber stets mit dem selbsterniedrigenden "Mea Culpa-Schlag" auf die Brust und dem Gefühl, aus eigener Kraft nichts, aber auch gar nichts erreichen zu können.

Heute, Jahrtausende später, lassen sich noch vereinzelte Steinkreise und Steinringe finden. Besonders gut erhaltene Plätze kann man in Irland, Schottland und der Bretagne besichtigen. Oft wurden Kirchen und Kathedralen auf ihnen errichtet, in deren Bodenornamenten man jene altvertrauten Formen und Linien zunächst übernahm, ließen sich doch die vorchristlichen Tanzbräuche nicht so ohne weiteres aus der frommen Volksseele bannen.

Labyrinthtänze schienen den Urgemeinden durchaus bekannt gewesen zu sein. Eine Johannesakte, die von Konzilvätern - gleich vielen anderen Schriftfunden - für nicht bibelwürdig und somit ungültig erklärt wurde, erwähnt den Text eines Reigens, nach dem sich die zwölf Jünger im Kreise um Christus zu drehen pflegten. Freilich wurden die Tanzmuster im Laufe der Zeit verwobener und komplizierter, verliefen bald in fortlaufenden oder doppelt ineinander verschlungenen Spiralen, wie sie auffallend häufig im östlichen Mittelmeerraum zu sehen sind. Besonders schöne Überbleibsel lassen sich in den französischen Kathedralen von Reims, Sens, Amiens, Arras, Saint Quentiens und Bayeux bewundern. Das vermutlich größte erhaltene Kirchenlabyrinth befindet sich im Mittelschiff der im Jahre 1260 geweihten Kathedrale von Chartres. Die einen Durchmesser von 12,5 Metern aufweisenden Bodenplatten würden ihre aufmerksamen Besucher sicherlich in Staunen versetzen, wenn sie nicht allesamt von Stühlen verdeckt wären.

Es heißt, ihr Ursprung sei in der Tradition ägyptischer Mysterienweihe zu suchen, einem Ritual, das sich offensichtlich selbst in römisch-katholischen Gebieten noch bis in das 13. Jahrhundert hinein halten konnte. Die wahren Wurzeln der Spiralen und Labyrinthe aber reichen viel tiefer, nämlich weit in die Zeiten matriarchaler Mondtänze zurück.

Wie schon erwähnt, gibt es über jene Sitten und Bräuche verhältnismäßig wenig Schriftüberlieferungen. Eine Notiz entstammt den Mitteilungen des griechischen Geschichtsschreibers Herodot, der im 4. vorchristlichen Jahrhundert lebte. Ihm verdanken wir einen Bericht über die damals schon schlohweißen, der patriarchalen Neuzeit höchst wundersam anmutenden mutterrechtlichen Traditionen der Lykier, die in der Küstenlandschaft im Südwesten Kleinasiens beheimatet waren:

"... sie benennen sich nach der Mutter und nicht nach dem Vater. Denn wenn man einen Lykier fragt, wer er sei, so wird er sein Geschlecht von Mutterseite angeben, und seiner Mutter Mütter herzählen, und wenn eine Bürgerin mit einem Sklaven sich verbindet, so gelten die Kinder für edelgeboren; wenn aber ein Bürger, und wäre er der vornehmste, eine Ausländerin oder ein Kebsweib nimmt, so sind die Kinder unehelich."

Herodots Schilderungen wurden von anderen Schreibern untermauert. So wußte Nicolaus Damascenus, daß in Lykien niemals Söhne, sondern ausschließlich Töchter erbten, während Plutarch gar von einem Gesetz schrieb, das allen Bürgern verordnete, "so oft sie trauerten, Weiberkleidung anzuziehen". Nicht etwa, weil man geglaubt hätte, es sei eines Mannes unwürdig zu weinen; vielmehr sprach "frau" den "Herren der Schöpfung" deshalb das Recht auf Totenklage ab, weil Männer in keinerlei Zusammenhang mit der Entstehung des Lebens gesehen wurden. Erst durch die symbolische Verwandlung zur Weiblichkeit erwarb der Lykier den Anspruch, Schmerz und Kummer öffentlich zu zeigen, um sicherlich nicht zuletzt auch Zusprache und Trost erwarten zu dürfen. Litten die damaligen Männer unter dem "Makel" angeblich nicht fruchtbar zu sein?

Aus solchen Anschauungen heraus könnte sich der aus Matriarchatszeiten stammende Couvade-Brauch entwickelt haben, bei dem werdende Väter sich mit ihren gebärenden Partnerinnen bis hin zum eigenen Unwohlsein identifizieren: Die Hochschwangere geht wie gewohnt ihrer Arbeit nach, während sich ihr Angetrauter stöhnend und ächzend auf seiner Matte wälzt. Die Frau trägt stärkende Speisen herbei, ermuntert, versorgt ihn und bereitet sich nebenher auf die Geburt vor. In Begleitung anderer Geschlechtsgenossinnen zieht sie sich schließlich zurück, um ein paar Stunden nach der Entbindung erneut ihren gewohnten Lebensrhythmus aufzunehmen. Vor allem aber muß sie nun den gestreßten Gatten pflegen, der, samt Säugling geschwächt in der Hängematte schaukelt, nicht trinken, geschweige denn arbeiten mag, und sich zu nichts anderem, als höchstens dünnen Haferschleim zu essen imstande fühlt.

Laut Strabo war Couvade vor Zeiten auf Zypern, Korsika, Kreta sowie auf den Balearen gang und gäbe und wird heute noch bei den Arunta und anderen Naturvölkern praktiziert.

Lassen Sie uns nun einen kurzen Abstecher nach Indien machen, wo im dem Yyasa zugeschriebenen Volksepos "Mahabharata" weitere, äußerst aufschlußreiche Aussagen über vergessene Frauenprivilegien nachgelesen werden können.

Hier erzählt Pandy seiner jungen Ehefrau Kunti:

"So höre denn, oh Frau mit dem schönen Gesicht und dem süßen Lächeln, daß früher die Frauen nicht im Hause eingesperrt wurden, wo sie vom Ehemann und den Verwandten abhingen. Sie waren gewöhnt, frei umherzulaufen, wohin es ihnen beliebte, und sie konnten sich nach Herzenslust amüsieren. In keiner Weise waren sie, oh Frau mit dem wunderbaren Charakter, ihren Männern treu, aber sie wurden deshalb keiner Schuld angeklagt, denn es war der von allen geteilte Brauch jener Zeit. Sicher bringt dieser mit den Frauen so nachsichtige Brauch verletzte Gefühle mit sich. Dennoch wurde der jetzige Brauch, der sie ihr Leben lang an einen Mann bindet, erst vor kurzem eingeführt."

Die Inderinnen verdanken ihre Unterdrückung vermutlich der brahmanischen Priesterschaft, die nach dem Sieg über die Kriegerkaste Kshatriyas der gesamten weiblichen Welt nicht nur jegliche religiösen Betätigungen untersagte, sondern darüberhinaus sogar das Studium jener einst von ihnen selbst mitverfaßten heiligen Schriften verbot.

Sicher wüßten wir heute wesentlich mehr über Kenntnisse, Erfahrungen, wahre Bedeutungen und Ausmaße einstiger Frauenkulturen, wenn nicht die großen Bibliotheken Alexandrias den Flammen zerstörungswütiger Christen zum Opfer gefallen wären. Hier, in den Universitätsgebäuden dieser Stadt, soll sich vor Zeiten die umfangreichste und kostbarste Schriftensammlung der gesamten antiken Welt befunden haben. In ihren Hallen lehrte Euklid die Geometrie, hier stellte Eratosthenes, der zugleich das Amt des Chefbibliothekars innehatte, seine berühmten Erdumfangsberechnungen auf und zeichnete die erste Weltkarte. Hier dozierte aber auch Hypathia, eine weit über die Landesgrenzen hinaus bekannte neuplatonische Philosophin und Mathematikerin.

47 vor Christus griff im Laufe eines Cäsarschen Angriffs ein erstes Feuer um sich, dem 500.000 Bücher und Papyrosrollen zum Opfer fielen. Der zweite weitaus verhängnisvollere Brand wurde indessen von frommen christlichen Mönchen gelegt, die eigentlich nur den heidnischen Serapis-Tempel vernichten wollten; die Flammen sprangen jedoch auf den benachbarten Universitätskomplex über und ließen nichts als Schutt und Asche zurück - verlorene Wissensschätze, die nie wieder völlig nachkonstruiert werden konnten.

Gleichzeitig fand Alexandrias berühmte Ära freigeistiger Liberalität ein Ende, so, wie die kluge Hypathia jenen feuerzündelnden Fanatikern ihren schrecklichen Tod zu verdanken hatte. Auf dem Weg zu einer Vorlesung wurde sie an den Haaren davongeschleift, entkleidet, zerhackt und vor den Augen ihrer entsetzten Studenten und sicher noch weitaus schockierteren Studentinnen verbrannt.

Spätestens jetzt hatte es auch die letzte von ihnen begriffen: öffentlich ausgeübte weibliche Intelligenz war nicht mehr erwünscht.

Ist es nicht eigenartig, daß immer wieder eine totale Umkehrung aller vormals für richtig gehaltenen, vollgültig erklärten Werte festgestellt werden kann? Auf Aktivität folgt Passivität, auf Aufbau Zerstörung, auf Frieden Krieg, Phasen sexueller Prüderie ziehen Epochen höchst lustvoller Freizügigkeiten nach sich und umgekehrt. Über Jahrtausende hinweg kann in der Geschichte ein ständiges Aufeinanderfolgen von Gegensätzen beobachtet werden. Genau genommen haben wir es hier, getreu seinem Motto "was aufgestiegen ist, das muß auch wieder herunter", mit dem Gravitationsgesetz Isaac Newtons zu tun.

Allein die Tatsache, daß Frauen als die Hälfte der Weltbevölkerung in den meisten gegenwärtigen Religionen und Wirtschaftssystemen bescheiden im Hintergrund stehen, mehr oder weniger smart abgewertet werden, sollte den aufmerksamen Betrachter der Historie stutzig werden lassen. Und so folgerte auch schon Bachofen völlig logisch: "Die Strenge des patriarchalen Systems weist auf ein älteres hin, das bekämpft und unterdrückt werden mußte."

Erinnern Sie sich noch an die Mythe der Luyia aus Kenia, an den Kampf der Sonne gegen den hellerstrahlenden Mond?

Schon ab dem 5. bis 3. Jahrtausend deuteten in Mesopotamien, Ägypten, Persien, Indien und China erste zarte Kratzspuren am Image der Weiblichkeit den drohenden Abwärtstrend an.

Sehr viel eindeutiger und ausgeprägter fanden sich diese Tendenzen später in den etwa um 1800 vor Christus geschriebenen Gesetzessammlungen des babylonischen Königs Hammurapis, die als die ältesten der Erde im Pariser Louvre besichtigt werden können, sowie in den Schriften Moses wieder und fielen auf willig-fruchtbaren, nunmehr vaterländischen Boden. Verschiedenste Thesen und Vermutungen spekulieren über die wahren Untergangsursachen großer Mutterzivilisationen. Sie reichen von der Erfindung des Pflugs über die Entdeckung der Vaterschaft bis hin zu der Annahme, die Notwendigkeit des Waffenbaus und Tieretötens habe allgemein männliche Aggressivität dermaßen gesteigert, daß sie sich auch gegen Frauen richten mußte. Ebenso wahrscheinlich werden die emotionalen Folgen der Entstehung des Privateigentums ihren Beitrag geleistet haben.

Längst hatte "man" entdeckt, daß nicht nur durch Beackerung des Bodens, sondern gleichsam mittels Viehzucht und Handel vermehrter Wohlstand erzielt werden konnte. Längst hatte sich ein völlig neues maskulines Gefühl für Reichtum und Besitz entwickelt, für Eigentum, das Väter verständlicherweise nur an eigene Kinder weiterzugeben wünschten. Daraus resultierend wird ein neues Familienzusammengehörigkeitsgefühl geboren worden sein, denn Eigentum verbindet. Die neuentwickelten Besitzansprüche aber wurden auf die Erben sowie deren Mütter übertragen. Und so schien es allmählich notwendig, Frauen zu kontrollieren.

Die sexuellen Freizügigkeiten der matrilinearen Gesellschaften mußten verpönt, neue Vorbilder und Ideale geschaffen, und den sicher zum großen Teil zunächst widerspenstigen Gegnerinnen die Basis der Macht, die offizielle Anerkennung, entzogen werden.

Neben Terror und Gewaltanwendungen machten sich einige führende Köpfe ans Werk, Mythen, jene Informationsquellen, an denen die frühen Menschen ihr Zeit- und Weltbild orientierten, gezielt umzuarbeiten, um die angestrebte Wende für jedermann plausibel und nachhaltig rechtfertigen zu können.

Hier ein paar typische Beispiele: Lange Zeit huldigten die Griechen der Dreifaltigkeitsgöttin Hera. Unter ihrer Schirmherrschaft soll es eine 300-jährige Friedensphase gegeben haben, da Archäologen keine Waffen finden konnten, die erst ein abruptes Ende fand, als fremde Stämme ins Land fielen und Heras Souveränität in Frage stellten. Obwohl ihre formelle Verehrung - vermutlich des Erntesegens wegen - weiterhin gestattet blieb, wurden einzelne Priester und Anhängerinnen verfolgt, gefoltert und gezwungen, dem männlichen Zeus die Treue zu schwören. Letztlich wurde dieser zum allgewaltigen Hauptgott erhoben, Hera aber zu seiner zwar zänkisch-aufmüpfigen, dennoch stets unterlegenen Ehefrau degradiert, obgleich die Institution der Ehe den damaligen Griechen keineswegs heilig galt.

Nicht viel besser erging es der Artemis des Neumondes. Ihr wiesen die Landeseroberer den schlichten Titel "Jägerin" zu, eine Herabsetzung, die den Athenern und Böotern absolut nicht behagte. Sie verlangten, ihre Göttin wieder mit den altvertrauten Namen anrufen zu dürfen, was schließlich auch gewährt wurde; allerdings nun im Rahmen einer abgeänderten mythischen Version: die von ihrer eigenen Mutter verstoßene Artemis habe sich verzweifelnd Hilfe suchend an Zeus gewandt, der sie daraufhin gnädig aus seinem Kopf wiedergebar.

Weiter südöstlich schickte man sich gleichfalls an, manipulierte Erzählungen zugunsten der Männerdominanz zu verbreiten, um mondisches Frauentum gezielt "mit Schmutz bewerfen" zu können. So tauchten in Ägypten Gerüchte auf, Sonne Ra habe Mutter Hathor entthront, während die sumerische Göttin Namu angeblich sogar ihr Geschlecht umwandeln ließ, um ihrem männlichen Enkel Enlil möglichst ähnlich zu werden.

Ich glaube, nichts aber könnte jene gewaltige kulturelle Umwälzung so treffend veranschaulichen, wie die schlichte Gegenüberstellung der nun folgenden alten Lobeshymne an Mondgöttin Inanna, einstige Mutter und Schützerin aller sumerischen Könige, und ihrem späteren Mythos, der von ihrer und damit aller Frauen Demütigungen berichtet:

zunächts Mondglanzzeit:

"Himmelsherrscherin, die den Annuna-Göttern vorausgeht, die alle göttlichen Kräfte eingesammelt hat, dein Auge ist gewaltig, es schaut im Himmel und auf Erden auf alle Fremdländer, Inanna, Löwin am Himmel leuchtend, deine göttlichen Kräfte übersteigen alles, deine Kulturordnungen sind unveränderlich, deine Regel gewichtig. Dein Plan ist weit wie der Tiefseeozean, ... dein Tun enthält alles Große, kein Gott mißt sich mit dir ..."

und dann:

"Inanna ... fiel in tiefen Schlaf. Schukellituda sah sie vom Rande seines Gartens aus, beschlief sie, küßte sie. Kehrte an den Rand seines Gartens zurück. Der Morgen graute, die Sonne ging auf, die Frau sah sich um in ihrem Schrecken, Inanna sah sich um in ihrem Schrecken, dann, die Frau ihrer Scham wegen, was tat sie für Unheil? Inanna ihrer Scham wegen, was tat sie? Alle Brunnen im Lande füllt sie mit Blut, alle Haine und Gärten im Lande tränkt sie mit Blut, die Sklaven, die Brennholz sammeln, trinken nichts wie Blut, die Sklavinnen, die Wasser holen, füllen ihre Krüge mit Blut.

'Ich muß ihn finden, der mich beschlafen hat, in all den Landen', sagt sie.

Aber ihn, der sie beschlafen hat, fand sie nicht, denn sein Vater antwortet dem jungen Mann, sein Vater antwortet Schukallituda:

'Sohn, halte dich zu den Städten deiner Brüder, den Schwarzköpfen, die Frau (Inanna) wird dich nicht finden, inmitten des Landes.' Er hielt sich zu seinen Brüdern, den Schwarzköpfen, die Frau fand ihn nicht inmitten des Landes ..."

Wir sehen, auch durch entheiligte Sexualität ließ sich eine Fußangel gegen weiblich-mondische Leuchtkraft stellen, die sich im folgenden Geschichtsverlauf als äußerst wirksam erweisen sollte.

Je mehr sich das Patriarchat zu behaupten vermochte, desto eindeutiger traten männliche Gottheiten in den Vordergrund. Wurden ihren weiblichen Konkurrentinnen zunächst noch Geliebte oder Söhne angedichtet, von denen sie mehr oder weniger sanft aber kontinuierlich in den Hintergrund gedrängt wurden, hatten sich zwischen 600 vor und 600 nach Christus alle patriarchalen Religionen durchgesetzt und die große Muttergöttin bis auf wenige Ausnahmen verdrängt. Jetzt stand die griechische Philosophie in voller Blüte, Buddha lehrte in Indien, Lao-Tse und Konfuzius wirkten in China und die Jahwe-Propheten Israels schmetterten gemeinsam drohend gegen jedes fremdheidnische Götzentum. Beinhaltete die wichtigste Aussage aller weiblichen Mondreligionen einst, daß Liebe stets stärker als der Tod sei - wobei körperliche Zuneigung und sexuelle Lust durchaus mit einbezogen galten - verstand man es nun, die neuen moralischen Forderungen durch religiöse Gesetze und Gebote geschickt zu fundamentieren.

So nahm die Kunde ihren Lauf, die Götter selbst hätten diese Art Lebensregeln ersonnen, formuliert und einem Auserwählten persönlich übergeben.

Tatsächlich ist die Entstehungsgeschichte der christlichen Zehn Gebote weder neu noch einmalig. Schon 500 Jahre zuvor händigte Gott Schamasch dem Hammurapi das komplette, bereits erwähnte Gesetzeswerk für Babylonien aus. Später reichte Dionysos den Griechen huldvoll zwei beschriebene Tafeln herab. Im 7. vorchristlichen Jahrhundert vertraute die göttliche Egeria dem König Numa Pompilius die Gesetze für Rom an, während Zarathustra von Gott Ahura Mazda, gleich Mose auf einsamer Bergesspitze, das vollständige "Buch des Gesetzes" für Persien empfing.

Allmählich galt alles "unrein", was mit Tod, Geburt oder Geschlechtsverkehr in Zusammenhang stand. Wöchnerinnen und menstruierende Frauen wurden gemieden, mußten erst intensive Waschungen vornehmen und fest angeordnete "Reinigungszeiten" einhalten, ehe sie sich wieder unter andere Menschen wagen durften.

Aber weiblicher Widerstand wuchs.

Läßt sich die Existenz revoltierender amazonischer Frauenstaaten auch nicht völlig hieb- und stichfest beweisen, kann die Matriarchatsforschung dennoch davon ausgehen, daß eine beträchtliche Anzahl von Frauen den Umschwung gewaltsam zu verhindern bzw. rückgängig zu machen suchte. Aktiv-kämpfende Mütter und Mädchen - zumindest in der westlichen Welt eine recht ungewohnte Vorstellung, nicht wahr?

Doch unseren weder von Elternhaus noch Kirche zum engelhaften Liebsein, zur Sanftmut oder gar milden Demut erzogenen Vorfahrinnen waren die heute noch so oft herbeizitierten ideologischen "3 K's", nämlich "Kinder, Kirche, Küche", unbekannt.

Gewohnt zu herrschen, strebten viele von ihnen weiterhin den vertrauten Leitbildern ihrer Göttinnen nach, aus deren Mythen wir wissen, daß diese sich gleichfalls zielstrebig, notfalls mit entsprechender Härte, durchzusetzen pflegten. Vermutlich ging es den Kämpferinnen weniger um rächende Vergeltung, als um die offizielle Wiedereinsetzung jener Mondgottheiten, denn 'frau' war überzeugt, kraft deren Rehabilitation parallel dazu den eigenen Status erneut verbessern zu können.

Religionskriege? Verschwommene Überlieferungen erzählen von weiblich-rebellischen Erscheinungen in Asien, Indien, Afrika, Italien, Nord- und Südamerika, auf den Südseeinseln und auf Hellas sowie im alten Gallien, das sich einst zwischen Rhein, Alpen und Pyrenäen erstreckte, eine Aufzählung, die möglicherweise noch keineswegs vollständig ist.

War es Müttern und Töchtern gelungen, aus den immer engerschlingenden Familienbanden auszubrechen, begaben sie sich mit anderen Gleichgesinnten auf die Suche nach einer neuen Heimat. Sie schufen eigene Staaten und eigene ihnen gemäße Satzungen, kultivierten alsbald Ackerbau und Viehzucht und errichteten große Städte. Smyrna, das heutige Izmir in der westlichen Türkei, das ehemalige Cyrene im Nordosten Lybiens und Ephesus, dessen berühmter, zu den antiken Weltwundern zählender Artemistempel uns schon im 1. Kapitel begegnete, sind sehr wahrscheinlich ursprünglich von Amazonen gegründet worden. Anderen Überlieferungen zufolge soll "frau" abschließend, um den gemeinsamen Wunsch nach endgültiger Seßhaftigkeit zu bekräftigen, sämtliche Schiffe verbrannt und Kampftechniken nur zu Abwehr- oder Sicherheitszwecken geübt haben.

Eine der uns bekanntesten Gemeinschaften lebte etwa zwischen 1000 und 600 Jahren vor Christi Geburt am Schwarzen Meer. Hier regierten gleich zwei Königinnen, von denen die erste als Heerführerin fungierte, während die zweite für innerreichliche Ordnung sorgte. Obwohl Männer bestenfalls in untergeordneten Positionen geduldet wurden, pflegte "frau" mit den Herren der Nachbarstämmen ein nichtdestotrotz ausgesprochen "liebevolles" Verhältnis. Ein- bis zweimal jährlich wurden dieselben zu einem Fest geladen, auf dem - so jedenfalls berichtete der schriftstellernde Seefahrer Sir Walter Raleigh - ein voller Monat lang getrunken, getanzt und geliebt wurde. Waren die Nachbarn schließlich in die eigenen Provinzen zurückgekehrt, feierten die Frauen ihre Schwangerschaft. Die männlichen Babys aber mußten später den Vätern übergeben werden.

Ob solcherart Verzicht den Müttern schmerzhaft schien? Ob es Gewalt und Proteste gab? Wir können es nur ahnen - auch hier schien die "Freiheit" ihren Preis zu forden.

Amazonen galten als besonders innige Mondverehrerinnen, bedeutet doch die armenische Übersetzung dieses Namens nicht umsonst "Mondfrau". Wie vielen anderen heidnischen Völkern, wog ihnen die Mitte der Nacht als wertvollste kosmische Stunde, in der alle entscheidenden Zusammenkünfte und Beratungen abgehalten wurden. Die zyklischen Jahresfeste fanden stets im Silberschein des vollen Nachtlichtes statt.

Ein paar weitere, wenn auch schwache Hinweise liefern ausgegrabene Ruinenreste von Knossos auf Kreta, eine der respektabelsten jungsteinzeitlichen Siedlungen im Mittelmeerraum. Im 2. vorchristlichen Jahrtausend bildete Kreta das kulturelle Zentrum des ägäischen Meeres. Zu den mythischen Symbolen zählte die Doppelaxt, in der man lange Zeit hindurch ein kriegerisches Wahrzeichen zu erkennen glaubte; nach neueren Erkenntnissen scheint es sich allerdings eher um die Darstellung des Mondes zu handeln. Offenbar sollte die rechte Doppelaxtseite den zunehmenden, beide Schneiden den vollen und die linke Seite den abnehmenden Mond symbolisieren. Oder aber die Dreifaltigkeitsgöttin Demeter-Kore-Persephone, die als jung-blühendes Mädchen, lebensspendende Mutter und betagte weise Greisin gedacht wurde. Besonders im ehemaligen Palastbereich stießen Archäologen auf unendlich viele Doppelaxtdarstellungen, die ihrerseits wieder auffallend oft mit labyrinthähnlichen Spiralornamenten verziert sind. Zwischen beiden scheint ein enger Zusammenhang zu bestehen. Labyrinth heißt auf Altgriechisch "Labyrinthos", während die alten Kreter besagtes Symbol "Labry" nannten.

Was alles mochten sie darin gesehen und hineininterpretiert haben?

Mondkult, Frauenkulturen, Amazonenstaaten, auch dies ist ein Teil unserer Vergangenheit, Gewesenes.

Frau und Mond und Macht - ein Stück vergessene Weltgeschichte.

Heute lassen sich nur noch bei einfachen Naturvölkern wie den Irokesen, Huroren, Hopi und Zuni im Westen und Südwesten der USA, den Nayar und Khasi in Indien, den Mikronesiern auf der Insel Palau, den Miang-kabau-Malayen auf Sumatra, den Tuareg in der Sahara, den Bororó in Brasilien, den Chibcha in Kolumbien sowie bei den Tchambuli in Neuguinea alt-matriarchale Traditionen finden.

Und in unserer "zivilisierten" Welt?

Ich möchte dieses Kapitel mit einer kleinen, unlängst der "Neuen Zürcher Zeitung" entnommenen Notiz abschließen: Nach einer Studie der Vereinten Nationen besteht die Hälfte der Weltbevölkerung aus Frauen; sie stellen ein Drittel der Beschäftigten, leisten aber zwei Drittel der Arbeitsstunden. Trotzdem verdienen sie nur ein Zehntel des Welteinkommens und besitzen nicht einmal 1 Prozent der Reichtümer dieser Erde."

Isis - die letzte Göttin des Mondes

"Du heilige, stete Retterin des Menschengeschlechtes, die du immer mildtätig bist, die Sterblichen zu erquicken, die süße Zärtlichkeit einer Mutter zeigst du den Armen in ihrem Leid. Kein Tag und keine Nachtruhe, nicht einmal ein kurzer Augenblick vergeht ohne deine Wohltaten, daß du nicht zu Wasser und zu Lande die Menschen beschirmst, die Stürme des Lebens verscheuchst und deine hilfreiche Hand reichst, mit der du die unentwirrbar gedrehten Fäden des Verhängnisses wieder aufdrehst, die Unwetter des Schicksals beschwichtigst und den schädlichen Lauf der Gestirne hemmst."

(Aus "Metamorphosen" von Lucius Apuleius, ca. 150 nach Christus)

Isis liebte Osiris, ihren Brudergemahl, der als weiser Herrscher Ägyptens allerorts geehrt wurde. Doch Schwager Seth neidete der beiden Glück und sann in seinem Herzen nach einer List, Osiris zu töten. Schließlich ließ er nach des Königs Maßen einen prunkvollen Sarkophag anfertigen und lud - von 72 eingeweihten Komplizen umgeben - den Arglosen zu einem Festmahl ein.

Nachdem man ausgiebig gespeist und getrunken hatte, wurde der Sarg unter Staunen und Entzücken aller Geladenen in den Saal getragen. Seth verkündete, daß er das edle Stück demjenigen, welcher sein Inneres voll und ganz ausfüllen könne, zu schenken gedenke. Ein Gast nach dem anderen probierte sein Glück - indessen, niemand vermochte die passenden Maße aufzuweisen. Sobald sich aber Osiris hineingelegt hatte, stürzten die Verbündeten seines heimtückischen Bruders hinzu, schlugen den schweren Deckel herab, umschlangen den Sarkophag mit starken Tauen, versiegelten ihn mit flüssigem Blei und ließen ihn in den Nil hinab.

Als Isis von der schrecklichen Tat erfuhr, fiel sie in tiefe Trauer. Weinend und klagend, nur von der Hoffnung ihren Liebsten wiederzufinden beseelt, irrte sie rastlos umher, um seinen Leichnam dann in einem Schilfdickicht des Flußufers aufzuspüren, wo die Göttin - so erzählt die Sage weiter - vom toten Osiris geschwängert wurde. Doch Seth ersann eine neue Greueltat.

Gewaltsam bemächtigte er sich des gefundenen Königsleichnams und zerschlug ihn in viele Teile, die er weit über das ägyptische Land verstreute. Wehklagend, aber tapfer, machte sich Isis ein zweites Mal auf die Reise. Sie suchte und suchte ohne Unterlaß, bis alle verlorenen Glieder gefunden waren, die Isis sodann behutsam zusammenfügte, um ihnen durch den zarten Luftzug ihrer Flügel neues Leben zu verleihen. Osiris erwachte. Nachdem die Göttin ihren wiederauferstandenen Brudergemahl zum obersten Herrscher des Totenreiches ernannt hatte, zog sie in die weitentlegenen Sümpfe des Deltas, um Sohn Horus, das Kind ihrer Liebe, in sicherer Einsamkeit ungestört aufzuziehen.

Soweit eine ihrer vielen Mythen.

Isis, große Heilerin. Diese kluge, zuverlässige, tapfere und empfindsame Geliebte, diese treue und trotzdem unabhängige, alleinerziehende Muttergestalt könnte sich als die meistverehrteste, von Männern wie Frauen meistgeliebte Göttin der Erde rühmen.

Isis, eine Universalgöttin, die mindestens 4500 Jahre lang die Herzen unzähliger Menschen aufrichtete und tröstete. Viereinhalb Jahrtausende, eine Zeitspanne, die unsere heutigen Weltreligionen wie Christentum, Buddhismus, Islam und Hinduismus nicht einmal zur Hälfte aufzuweisen vermögen.

Fast 5 Jahrhunderte hindurch konnte sich Isis sogar neben der christlichen Kirche behaupten, der es erst durch die Einführung der Marienverehrung gelang, auch die restlichen Gläubigen, die an Göttinnenanbetung gewöhnt waren, für die neue, eigene Lehre zu gewinnen.

Mutet es nicht merkwürdig an, daß ihre Religion völlig versunken ist? Wer kennt sie heute noch - die letzte Mondgöttin Isis? Ihre Entstehungsgeschichte ist unbekannt. Es heißt, sie soll eine Tochter der großen Nout gewesen sein und Osiris schon im Mutterleib geliebt haben. Wohl aber wissen wir, daß die Bedeutung ihres Namens zu deutsch "Feuchtigkeit" heißt, was deutlich auf eine enge mondische Beziehung hinweist. Tatsächlich wurde Isis in ihrer früh-ägyptischen Glanzzeit zuweilen mit dem Mond, pardon, der Mondin, identifiziert.

Mutter des Pharaonenlandes. Schon im 2. vorchristlichen Jahrtausend nahm ihre Religion unzählige andere Kulte auf, wie etwa Titel und Aufgaben der Vorläuferinnen Neith und Hathor, die nun allesamt auf die eine "Allmächtige Mutter" übertragen wurden, deren volkstümliche Beliebtheit sich wie ein heiliges Lauffeuer weiter und weiter ausbreitete. Im nachfolgenden Jahrtausend eroberten ihre Mythen, Mysterien und Riten den gesamten Mittelmeeraum. Während Isis zwischen dem 4. vor- und dem 4. nachchristlichen Jahrhundert das geistliche Niveau der griechischen Welt entscheidend mitprägte, wurde ihre offizielle Anbetung im 2. Jahrhundert von keinem geringeren als von Kaiser Trajan, unter dessen Herrschaft das Römische Reich seine größte Ausdehnung erfuhr, auch hier eingeführt. Längst waren Fortuna, Aphrodite, Athena, Astarte, Hera, Hestia, Demeter und Artemis in der göttlichen All-Mutter-Gestalt verschmolzen, die ihren Gläubigen weitaus mehr als "nur" Heilung oder Erfüllung kleiner irdischer Bitten gewährte: Isis verhieß ewiges Leben.

Wie Osiris lebt, so werden auch wir leben. Wie Osiris nicht umkam, so werden auch wir nicht umkommen, predigte, hoffte, glaubte man. Das Volk bedachte sie mit so liebevollen Beinamen wie "Herrin der Welt", "Allmächtige", "Erlöserin", "Gnade", "Meeresstern", "Krone des Lebens", "Wahrheit", "Weisheit", "Liebe" und "Allesschauende". Kommen Ihnen einige Bezeichnungen nicht recht bekannt vor?

Aber lassen wir Isis doch selbst zu uns sprechen. In einer überlieferten Schrift heißt es:

"Als einzige Macht verehrt mich die ganze Welt in zahlreichen Gestalten, in verschiedenen Kulten und unter vielerlei Namen ... Die einen nennen mich Juno, andere Bellona, wieder andere Hekate und noch andere Rhamnusia. Aber die Ägypter und Äthiopier, dic über altes Wissen verfügen, ehren mich mit meinem eigentlichen Kult und nennen mich bei meinem eigentlichen wahren Namen 'Die Königin Isis' ..."

Spüren Sie jene Großzügigkeit und Toleranz, die aus diesen alten Zeilen spricht? Hier finden sich keine Drohungen, kein "du mußt" oder "du sollst". Konnte ihr Ruhm deshalb so anwachsen?

Es hieß, Isis habe für alles Verständnis, sei großmütig-milde und vermöge selbst, wo Rettung nach menschlichem Ermessen unmöglich scheine, noch immer zu helfen. Weil sie sich darüber hinaus aber auch zur körperlichen Liebe bekannte, dürfte es kaum schwergefallen sein, ihre Gestalt als Leitstern, als nacheifernswerte Seelenführerin zu akzeptieren. So wurde die "Allesschauende" Mutter und Freundin, Schwester und Verbündete, Vorbild und Schutzpatronin zugleich.

Was uns an Sitten und Bräuchen überliefert wurde? Einiges ist uns überliefert geblieben. Ihre Anhängerschaft verfügte - ähnlich dem späteren Christentum - über starke Institutionen wie Traditionen. Man las in von Propheten inspirierten Heiligen Schriften und besuchte prächtige Heiligtümer, in denen treue Laien, Geweihte, Priester und Priesterinnen Dienste verrichteten. Man sang lange Litaneien, hielt festliche Prozessionen, Andachten und Exerzitien ab und lauschte dem "Allerheiligen Kollegium der Pastophoren". Um die Göttin zu erfreuen, scheuten Anhänger keine Kosten und Mühen, um Opfersteine, Skulpturen und Statuen eigens aus Ägypten zu importieren, auf daß die "Herrin der Welt" sich heimisch fühle; so wie ihre Büsten fast niemals simpel hölzern oder steinern gezeigt, sondern stets in wertvolle Gewänder gehüllt und mit kostbarem Geschmeide geschmückt wurden. Alte Listen geben heute über Art und Anzahl göttlicher Kleidungs- und Schmuckstücke detaillierte Auskunft.

Jede Priesterin aber, die während entsprechender Zeremonien eines dieser heiligen Gewänder überstreifte, galt - ähnlich dem Ischtar-Ritus der uns schon bekannten Hieros-Gamos-Hochzeit - als leibhaftige Verkörperung, als Isis selbst; weshalb Tempelfrauen ihr hohes Amt oft auf Lebenszeit behielten und allerorts höchstes Ansehen genossen.

Schwarze Isis - Mondgöttin - Herrin des dunklen Kosmos - Königin der Nacht.

Moderne Religionshistoriker vermuten, daß die Farbe schwarzer Marienbildnisse nicht etwa durch Kerzenruß oder einstige Kirchenbrände zu erklären sei, sondern auf eine Verehrung der vorchristlichen Muttergottheit hindeute, die ihrer kosmischen Natur und geheimnisumwobenen Herkunft gemäß zumeist nachtfarben dargestellt wurde.

Wußten Sie, daß selbst noch im Mittelalter überall in Europa weibliche Gottheiten mehr oder weniger geheim verehrt wurden?

Eigenartigerweise gelten heute oftmals gerade die dunklen Madonnen als besonders wundertätig. Bekannte Wallfahrtsorte ziehen alljährlich nach wie vor zahllose Besucherscharen an: wie etwa das französische Orléans, wo die "Notre-Dame-de-la-Recourance" in unheildrohenden Zeiten wie eh und je durch die Straßen getragen wird; desgleichen die schwarze Frau mit Kind im spanischen Montserrat. Oder kennen Sie die dunkle, demonstrativ aufrecht auf einer Mondsichel stehende Gestalt der viel gepriesenen Madonna im schweizerischen Einsiedeln? Isis oder Maria? Mondgöttin mit Horusknaben - oder Jungfrau mit Jesuskind? Wie dem auch sei, welche hintergründige Bedeutung die Künstler ihren Werken beigemessen haben mögen, ich bin überzeugt, daß allein menschliche Einbildungskraft eine gute Wende bewirken kann. Ich bin überzeugt, daß nicht der Glaubensinhalt, sondern das eigene unbeirrbare Vertrauen in die Erhörung eines Gebets, in die Erfüllung eines Wunsches ausschlaggebend ist. Wann immer die Betroffenen von der baldigen Realisierung ihrer Begehren überzeugt sind, werden sich diese erfüllen; ob sie sich nun an einen Jehova-Gott, an Allah, an Jesus oder Osiris, an Maria, Isis oder an sich selbst, an die Kraft des eigenen Unterbewußtseins wenden. Die "Erhörung" wird eintreten, weil das Unbewußte auf alle intensiven Gedanken und Vorstellungsbilder reagiert.

Aber zurück in die Vergangenheit.

Mit dem Wunsch, Isis möge überlegener und mächtiger als alle übrigen Gottheiten sein, wuchs die ägyptische Legende von ihrer erfolgreichen List, den starken Sonnengott Re an magischer Macht zu übertrumpfen.

Nichts blieb der großen Zauberin verborgen - nur den wohlgehüteten Namen des Re kannte sie nicht, ein Geheimnis, das ihr den Anspruch auf einen Teil des Universums verschloß. Deshalb ersann Isis einen Plan. Emsig den sonnengöttlichen Speichel sammelnd, schuf sie eine mit Erde vermischte Schlange, die sodann auf dem Pfad, den Re alltäglich zu beschreiten pflegte, freigelassen wurde. Wie zu erwarten war, biß die Schlange in des Gottes Fuß, der unter starken Schmerzen um Hilfe rief. Nun mischte sich auch Isis unter die herbeieilenden Menschenmassen und bot freundlich ihre wirkungsvollen Heilkünste an, welche allerdings - so erklärte sie dem Leidenden mit Nachdruck nur zu helfen vermochten, wenn sie während der Ritualsausführung seinen wahren Namen gebrauche. Natürlich weigerte sich Re zunächst standhaft. Als die Schmerzen aber unerträglich schienen, lüftete er sein Geheimnis und wurde geheilt.

Von dieser Stunde an - so erzählte das Volk triumphierend weiter - besaß Isis eine Zaubermacht, die der des Sonnengottes an Umfang und Stärke weit überlegen war.

Wo immer die "Erlöserin der Welt" verehrt wurde, kannten die Menschen ausgiebige Feste, an deren Zeremonien auch Frauen in aller Selbstverständlichkeit teilnahmen. Vermutlich gehörte das Wassersprengen, ein mit der Bitte verbundenes Opfergeschenk, die Erde gleichsam mit kostbarer Feuchtigkeit zu versorgen, sowie das Sistrumspielen zu den ganz speziellen weiblichen Obliegenheiten. Unter Sistrum versteht man ein altägyptisches Klingelinstrument, auf dessem Handgriff kleine eingesetzte Metallscheiben bei jeder Bewegung Töne erzeugten, die den Ohren unserer Vorfahren offenbar besonders göttinnengefällig, erhebend und würdevoll klangen.

Eine Spitzenstellung aller Feierlichkeiten nahm das Novemberfest zum Todes- und Auferstehungsgedenken des Osiris ein. Volle drei Tage widmeten sich die Gläubigen dieses Mysteriums, in denen sein Sterben, die schmerzhafte Suche des Leichnams, die glückliche Wiederauffindung und wundersame Neubelebung unter reger Anteilnahme der Bevölkerung dargestellt wurde. Um die nun folgende allzeitliche Macht des Erstandenen gebührend zu demonstrieren, trugen Auserwählte einen riesigen Holzphallus durch die Straßen, von dem es heißt, daß er bei manchen Prozessionen über stolze 30 Meter hoch gewesen sein soll. Ein erigiertes Glied als Sinnbild der Schöpferkraft, als Symbol der Fruchtbarkeit, als triumphierendes Zeugnis: Das Leben existiert - dank Treue und Kraft der großen Isis - auch nach dem Tode weiter.

Doch wie die Freude, zählt Traurigkeit gleichwohl zu den Bestandteilen irdischen Daseins. Wer denken, empfinden und fühlen kann, wird seine Seele vor Kummer nicht bewahren können.

Wie Plutarch einst schrieb: " Als Isis davon (vom Verschwinden und Tod des Osiris) erfuhr, schnitt sie sich dort (in Chemmis-Koptos) eine ihrer Locken ab und legte Trauerkleidung an ... überall umherirrend und ratlos ist sie an niemanden vorbeigegangen, ohne ihn anzureden ...", ahmten die Frommen dieses Verhalten in persönlichen Trauerfällen nach. Hinterbliebene zogen, um den geliebten verlorenen Menschen klagend, durch die Straßen, ließen ihren Gefühlen ungehemmten Lauf, bezogen möglichst viele Mitbürger in die eigene Trübsal ein. Man weinte sich aus und erhielt deshalb von der Umwelt sicherlich sehr viel mehr seelischen Beistand als wir heute, da wir Gram und Tod am liebsten aus unseren Vorstellungen verdrängen möchten.

Weitaus drastischer ging es bei offiziellen Volkstrauerzeiten, wie etwa nach dem Tode eines Königs, zu, deren überlieferte Gebote wahrscheinlich auch für die Osiris-Novemberzeremonien galten. Man scherte die Haare, zerriß die Kleider, verschloß die Heiligtümer. Man beschränkte sich auf ein Minimum an Nahrung, entsagte Wein, dem Luxus und jeglicher Bequemlichkeit und enthielt sich erst recht allen Liebesfreuden, wobei letzteres den Damaligen vermutlich nicht sonderlich schwer gefallen sein dürfte, war es doch zusätzlich üblich, den eigenen Kopf mit Kot zu bestreichen. So berichtete der griechische Historiker Dio Cassius, wie der römische Rechtsgelehrte Gaius im 2. Jahrhundert einen Mann, der es trotz offizieller Trauerzeit wagte, warmes Wasser zu verkaufen, als gemeinen Frevler hinrichten ließ.

Freudvoller verliefen die alljährlichen Märzfeste, in deren Verlauf das Volk die Göttin zum Meeresstrand geleitete, um Schutz und Segen für die beginnende Schiffersaison zu erbitten. Wenn wir alten Erzählungen glauben dürfen, wurden solche Prozessionen von allerlei scherzhaft verkleideten Menschen und Tieren angeführt. In Weiß gehüllte, blumenbekränzte Frauen streuten freigiebig Blüten und edle Duftwassertropfen aus. Das Heer der Frommen schloß sich mit leuchtenden Lampen und Fackeln an, wobei die Damenwelt züchtige Kopftücher trug, während sich die Herren der Schöpfung kurzgeschoren oder gar kahlköpfig präsentierten. Krönenden Abschluß bildete die von Instrumentalmusik und Chorgesängen umtönte, ein Bildnis der

Himmlischen Mutter vor sich hertragende Priesterschaft. So erreichte der Menschenzug den Strand, wo ein mit ägyptischen Bildmotiven ausgestattetes Schiffchen vor Anker lag. Nachdem es feierlich geweiht und mit kostbaren Parfümölen überschüttet worden war, ließ man es, sicherlich von unzähligen Wünschen und Bitten begleitet, ins Meer hinaustreiben.

Isis - Meeresstern - Mondmutter der Seefahrt - bleib uns gnädig!

Hatten sich seine Konturen am Horizont verloren, zogen die Massen zurück zum Tempel, vor dem sie geduldig ausharrten, bis der Tempelschreiber aus den Toren trat und mit lauter Stimme Heil dem Kaiser, dem Senat, dem Volk nebst allen Schiffern und Schiffen verkündete. Nun galt die Seefahrt offiziell als eröffnet.

Neben Isis wurden Horus und Osiris verehrt, wobei man letzteren als bekanntesten und beliebtesten ägyptischen Gott bezeichnen darf; denn mit seinem Schicksal, mit seiner bahnbrechenden Errettung konnte sich jeder Traurige, Enttäuschte oder Verratene leicht identifizieren.

Osiris - mehr ein wegweisender göttlicher Bruder als eine gefürchtete Herrscherfigur? Unter diesem Aspekt könnte sich möglicherweise das an ihn gerichtete, leicht herrisch klingende, ja, beinahe im Befehlston überlieferte Gebet Ramses des Vierten erklären; Verse, deren Anredeform den Liedern und Psalmen des Alten Testamentes so gar nicht ähneln wollen:

"Und so sollst du mir Gesundheit, Leben und eine lange Herrschaft geben, Dauer allen meinen Gliedern, meinen Augen Sehen, meinen Ohren Hören und meinem Herzen Fröhlichkeit alltäglich. Du sollst mir zu essen geben, bis ich satt, zu trinken geben, bis ich trunken bin, und du sollst meinen Samen auf dem Königsthron erhalten in alle Ewigkeit."

Dabei galt Osiris den frühen Nillandbewohnern zunächst eigentlich als eine abstrakte, nicht personifizierte Kraft, die man lediglich in Flora und Fruchtbarkeit von Mensch und Tier verkörpert glaubte.

Diesen Zeiten entstammte vermutlich der Brauch, aus mit Getreidekörnern vermengtem Nilschlamm Osirisfiguren zu formen. Sobald die Samen zu sprießen begannen, entstand ein den göttlichen Umrissen gleichendes Dickicht, das liebevoll gepflegt oder als Miniatur-Heiligtum vor den Kultstätten feilgeboten wurde.

Auf einem der bis heute gut erhaltenen Reliefe des Tempels von Philae, die man auf der Insel Agilka in der Nähe des oberägyptischen Assuan besichtigen kann, lassen sich deutliche Konturen einer offensichtlichen Osirisdarstellung erkennen, deren austreibende Kornhalme von einem Priester begossen werden. Und noch in unseren Tagen pflegen Ägypter zuweilen Linsen in feuchter Baumwolle keimen zu lassen. Bedeutungsverschwommene Überbleibsel jenes mondgöttlichen Fruchtbarkeitskultes?

Je weiter sich dieser ausdehnte, desto mehr männliche Gottesvorstellungen wurden auf Osiris übertragen, die er allmählich allesamt - gleich der Machtentfaltung seiner Gemahlin - in sich vereinte. Glaubten die Menschen in der auslaufenden 5. Dynastie nur den toten König allein als personifizierten Gott zu wissen, so ging die Identifikation des einfachen Volkes bald so weit, daß gegen Ende des Mittleren Reiches alle Verstorbenen schlechthin als "in Osiris Verwandelte" galten. Darüber hinaus wähnten sie ihn in Naturerscheinungen, wie im Orion des Südens, und ganz besonders in den beständig wiederkehrenden Wechselspielen des nachterhellenden Silbermondes. Tatsächlich existieren zahlreiche Inschriften, die den Bruder-Gatten der Isis als den "Herrn des Mondes" oder als "Großen Hasen" bezeichnen. In einer der Mythen, nach denen er so grausam von Seth zerstückelt wurde, heißt es gar, Isis habe 14 Leichenteile suchen müssen, was exakt den 14 abnehmenden Mondnächten entspräche. Wie intensiv sich solcherlei Verknüpfungen selbst über Jahrtausende hinweg halten konnten, mögen folgende Zeilen Plutarchs, der immerhin schon im 1. nachchristlichen Jahrhundert lebte, beweisen:

"Am Neumond, Phamenoth, feiert man ein Fest, welches das Hinabsteigen des Osiris in den Mond heißt. Auf diese Weise setzen sie die Kraft des Osiris in den Mond und behaupten, er habe der Isis, welche die Geburt ist, beigewohnt; sie nennen daher auch den Mond die Mutter der Welt und schreiben ihm eine Zwitternatur zu, weil er von der Sonne erfüllt und geschwängert wird und dann wiederum selbst zeugende Stoffe in die Luft sendet und herumstreut."

Die Eingeweihten aber liebten diesen Gott als Schutzpatron aller geistigen Reifeprozesse, als symbolhafte Verkörperung der Todesüberwindung, als zuverlässigen Garant für die Unsterblichkeit der eigenen Seele. Und dennoch, trotz aller ehrenvoller Titel wie "Der Höchste der Größeren", "Höchster Gott der Väter" oder "Unbesiegter", blieb Isis allein unbestreitbarer Mittelpunkt aller frommen Herzen; so wie sich die Bekenner dieser Religion auch nicht nach ihm, sondern nach ihr, nämlich als "Isiaci" benannten.

Nicht viel anders verhielt es sich mit Horus, von dem jeder wußte, daß er sein Richteramt über die Toten nebst allen oberweltlichen Herrscherwürden allein seiner mächtigen Mutter zu verdanken hatte. Um der Autorität des jeweils amtierenden Volksoberhauptes mehr

Gewicht zu verleihen, prägte die Priesterschaft den Untergebenen ein, jeder lebende König Ägyptens sei gleichfalls als wiedergeborener Isissohn zu verehren.

In der Tat mußten Pharaonen lange Epochen hindurch von einer Isispriesterin geboren worden sein, um den "Horus-Titel" und alle damit verbundenen Machtansprüche für sich erheben zu dürfen. Auch dieser - obwohl allgemein als Sonnengott oder Sohn des Re bezeichnet - wurde mit dem Mond assoziiert. Einige seiner ältesten Anreden lauteten "Herr der Verwandlungen", "Alter Mann, der wieder ein Kind wird" oder "Der sich selbst erneuert und wieder jung wird".

Seine Ehrenfeste wurden zumeist pünktlich zum Neumond gefeiert.

Abschließend sei noch das Horusauge erwähnt, das in der ägyptischen Glaubenswelt eine wichtige Rolle spielte und als heiliges Zeichen Amulette und Schmuckstücke zierte. Horus habe es, so hieß es in einer anderen Legende, aus freiem Willen zugunsten seines Vaters geopfert, damit dieser unversehrt zurückkehren könne. Nun leuchte es den Menschen als Nachtlicht, das zwar von einem bösen Wesen regelmäßig verwundet, dann aber, dank einer guten Macht, unermüdlich allzeit wieder geheilt werde.

In ganz Europa und in Nordafrika stieß man auf Funde, die von einstiger Macht und Popularität der Großen Isis zeugen. Verblichene Votivtafeln, verfallene Kultstätten, unzählige Figuren und Figürchen wurden in Spanien, Deutschland, Frankreich, den Donauländern und England entdeckt, wo man in London gar einen ihr geweihten Tempel ausgrub. Es gibt etliche Plätze, deren hochbetagte Steine dem aufmerksamen Betrachter an Ort und Stelle vom Wirken der "Allmächtigen" erzählen könnten. In der St. Ursula-Kirche zu Köln läßt sich eine, in einer Säule eingearbeitete Isisstatue - wenn auch freilich ohne Kopf - finden. Ob sie ihre Enthauptung dem Zahn der Zeit oder dem Hammerschlag eines wohlmeinenden "Rechtgläubigen" zu verdanken hatte, wird heute wohl niemand mehr mit Bestimmtheit sagen können; aber die alte, unübersehbare, in deutlichen Druckbuchstaben eingeprägte Inschrift "Isidi Invicte", die übersetzt soviel wie "Isis, die Unbesiegte" heißt, wagte bisher offenbar niemand auszulöschen. Weitere besonders gut erhaltene Skulpturen und Tempelreste kann man im östlich von Neapel gelegenen Benevent und im Heimatland der Isis, in Ägypten selbst besichtigen.

So schließen die Ruinenstätten von Behbet el-Higara, nahe dem unterägyptischen El-Mansura, etliche Trümmerhaufen ein, die in all ihrer Brüchigkeit dennoch imposant wirken und nichtsdestotrotz die ganze Pracht und Herrlichkeit damaliger Bauten ahnen lassen. Sie bestehen aus rotem und grauen aus dem Ausland importierten Granitgestein. Hier nun ragen einige, vermutlich aus der 30. Dynastie stammende Reliefe heraus: Da bringt ein König vor der Isisbarke andächtig sein Räucheropfer, während die kuhhörnige Göttin, beidseitig von je einem geflügelten Wesen umgeben, hoheitsvoll auf einer Lotusblume thront. Dort, wo Kenner den ehemaligen Eingang des Heiligtums vermuten, stoßen Besucher auf eine große, mit interessanten roten Adern durchzogene Platte. Auch sie präsentiert die Darstellung eines Pharaos, der dem Isis-Osiris-Paar respektvoll Ackerland anbietet.

Noch berühmter sind die Tempelreste nahe Assuan, auf der oberägyptischen Insel Agilka. Diese befanden sich bis vor wenigen Jahren noch auf Philae, einem Eiland, das zu den schönsten Plätzen des Landes zählte. Anfang des 19. Jahrhunderts wurde der Assuan-Staudamm errichtet, der die Insel nun regelmäßig für sieben Monate des Jahres unter Wasser setzt. Lediglich zwischen August und Dezember taucht sie aus den Fluten empor, in wenigen Tagen von zahllosen grünen Schlingpflanzen umwuchert, so daß die sagenumwobene Idylle jener fernen Zeiten, in denen man hier noch meditierte, betete und opferte, schnell wieder hergestellt war. 20 Wochen - bis sich das Stauwehr abermals schloß und Erde samt Tempelanlagen erneut den Wassern des Nassersees preisgab.

Erst in jüngster Zeit, nämlich in den 70er Jahren, als man ernsthaft eine unrettbare Zerstörung der antiken Werke befürchten mußte, begannen die Ägypter mit ausländischer Hilfe die wichtigsten Schätze Stück für Stück abzutragen, um sie auf der benachbarten, höhergelegenen Agilka-Insel formgetreu neu aufzubauen. Auf einem besonders gut erhaltenem Torgebäude, einem Pylon, der 45 Meter Breite und 18 Meter Höhe mißt, können Touristen an der östlichen Turmvorderseite ein riesiges Bildnis des Pharao Ptolemaios des Zwölften entdecken. Lässig packt er mit einer Hand gleich eine ganze Feindesschar an den Haarschöpfen und holt mit der anderen kraftvoll zum Schlag aus, während ein Stückchen weiter in friedlicher Eintracht Isis, Horus und Hathor sitzen. Etwas höher überreicht der augenfällig erfolgreiche Ptolemaios dem Horus und der Nephthys die ober- und unterägyptischen Kronen, um anschließend der Isis zu opfern. Ganz in der Nähe stoßen Touristen auf das sogenannte "Geburtshaus". Hier lassen sich sehr deutlich vier eine Isisbarke tragende Priester erkennen, vor denen ein räuchernder König majestätisch einherschreitet. Die Bilderder hinteren Räume zeigen allerlei Szenen aus der Kindheit des Horus.

Natürlich wurden auch auf Philae Gottheiten wie Osiris, Nephthys, Hathor, Chnum und Satet verehrt, aber Isis galt als das erklärte Hauptziel aller Pilger. Zahlreiche Inschriften beweisen, daß nicht nur Ägypter, sondern ebenso griechische und römische Gläubige scharenweise die in frühen Zeiten strapaziöse Reise auf sich nahmen, um ihrer geistigen Mutter zu huldigen oder Wünsche vorzutragen.

Auf Philae konnte sich ihr Kult am längsten halten. Selbst als die anderen "heidnischen" Tempel des Landes längst verlassen lagen, herrschte hier noch immer emsige Betriebsamkeit, wobei ihr die Nubier aus dem nordöstlichen Afrika besonders intensiv und ausdauernd die Treue gehalten haben sollen.

Wie auf allen Kultplätzen der Erde, waren die hiesigen Wände und Mauern gleichfalls von eingemeißelten Bitten und Danksagungen übersät. Der späteste Text stammt aus dem Jahre 473 nach Christus. 87 Jahre später wurde das Heiligtum endgültig seiner offiziellen Bedeutung enthoben; und bald schon machten sich die "neuen Gläubigen" ans Werk, einzelne Räume für christliche Gottesdienste umzugestalten.

Was uns die gängigen Lexika heute über Isis mitteilen? Nun, da heißt es zum Beispiel im "Großen Universal Lexikon von Lingen" wörtlich: "Isis, ägyptische Göttin, Gemahlin und Schwester des Osiris, Mutter des Horus; oft als Frau mit Kuhhörnern dargestellt, zwischen denen die Sonne steht; ihr Kult wurde im Römischen Reich der Spätzeit gepflegt."

Das ist alles, was von ihr übrig blieb: Viereinhalb Zeilen.

Jetzt aber denken Sie vielleicht: Wie bitte? Gehörnte Mondgöttin mit Sonnenrad?

Tatsächlich werden in vielen Publikationen die meisten runden Scheiben, welche demonstrativ auf den gehörnten Häuptern ägyptischer Gottheiten prangen, als Sonnenscheiben bezeichnet - mit Ausnahme der des Chons - dem man einen runden Vollmond zugesteht. Es heißt, man habe sich den Himmel dereinst als gewaltige, allesnährende Kuh vorgestellt, zwischen deren Hörnern die Sonne auf einer Barke spazierenfahre und die Welt erleuchte. Isis, so läßt sich in der Brockhaus Enzyklopädie nachlesen, habe Sonne und Kuhhörner der Verschmelzung mit Göttin Hathor zu verdanken.

Ich schließe mich jedoch jenen MatriarchatsforscherInnen an, die diese Interpretation als nicht einleuchtend ablehnen. Kuhhörner, ähnlich zwei zunehmenden Sicheln, galten seit altersher als Neumondsymbole und kennzeichneten Fruchtbarkeitsgottheiten, zu denen auch Hathor zählte. Assoziationsketten wie Geweihe - Mond - Feuchtigkeit

- Fruchtbarkeit gehören seit Menschengedenken zusammen. Warum aber sollten Göttinnen, die seit ältesten Zeiten von der Volksseele gefühlsmäßig mit dem Mond verknüpft wurden, nicht mit diesem, ihrem eigenen Emblem gekrönt werden? Im übrigen unterscheidet sich die Scheibe des Chons in nichts von den angeblichen Sonnendarstellungen der anderen Hoheiten. Hätte man aber tatsächlich ausschließlich die Sonne und Wärme und Helligkeit zum Ausdruck bringen wollen, wäre es den kunstbegabten Ägyptern mit Sicherheit ein leichtes gewesen, das Tageslicht in deutlichster Form zu kennzeichnen; so wie sie den Aton, der den Sonnengott verkörpert, mit unübersehbar langen Strahlenhänden zu schmücken pflegten.

Nebenbei bemerkt ist auch die Schlange - Kennzeichen vieler und bei weitem nicht nur ägyptischer Götter - in Wahrheit ein Mondsymbol. Gleich diesem taucht sie nach Belieben auf wie unter und wird von so vielen Ringen, wie der lunare Monat Tage hat, geziert. Sie vermag sich zu häuten, so daß sie dem ersten Anschein nach wie das nächtliche Silberlicht unsterblich zu sein scheint. Schlange über Sonnenscheibe, versteckter Hinweis auf lange vor dem Sonnenkult praktizierte Mondreligionen?

Wir aber wollen nochmals zur Isis zurückkehren. Ihr Name ist übrigens gleichbedeutend mit dem des Sirius, einem Riesenstern nebst kleinerem Trabanten, den die frühen Ägypter als den absoluten Mittelpunkt des Sonnensystems wähnten.

Und nun kommt etwas sehr Interessantes: Wir wissen heute, daß die spezifische Masse des Sirius 53.000 mal stärker als das Gewicht unseres Wassers wiegt. Wenn es tatsächlich einen geheimen Allmittelpunkt, eine Zentralsonne, um die sich letztlich alles dreht, gäbe, dann könnte es den Vermutungen einiger Astronomen nach eben dieser Riesenstern sein.

Isis, Sirius, der hellste Fixstern des Himmels im Sternbild Großer Hund - vielleicht unsere aller Urmutter? Viele Fragen, die noch offen bleiben. Unschätzbares Wissen ist verloren gegangen. Aber wenn man sich mit dem, was uns bis heute erhalten geblieben ist, ernsthaft beschäftigt, kommt man nicht umhin, über Weisheit und Kenntnisse der vergangenen Kulturen zu staunen. Es wäre überheblich anzunehmen, daß nur unsere Zivilisation, nur unsere Religionen, nur unsere Gedanken und Vorstellungen von Gott und der Welt klug und wahr seien. Glaubenslehren kommen und gehen.

Lassen Sie mich dieses Kapitel mit der wehmütigen Prophezeiung eines längst vergessenen ägyptischen Mystikers beschließen:

"Eine Zeit wird kommen, wo es scheinen wird, als hätten die Ägypter vergebens fromm und eifrig der Gottheit gedient. Denn die Gottheit wird von der Erde zu dem Himmel zurückkehren, und Ägypten wird verlassen dastehn, und das Land, das der Sitz der Religion war, wird die Götter nicht mehr beherbergen.

O Ägypten, Ägypten, von deinem Glauben werden nur Fabeln übrig bleiben, die den späteren Geschlechtern unglaublich dünken, und nur Worte werden übrig bleiben auf den Steinen, die von deinen frommen Taten erzählen..."

Die Göttin und Maria - Mond und christliche Kirche

Maria, breit den Mantel aus,
mach Schirm und Schild für uns daraus;
laß uns darunter sicher stehn
bis alle Stürm vorübergehn.
Patronin voller Güte,
uns allezeit behüte.
Katholisches Marienlied

"Wir halten aber das Christentum für das höchste an Erklärbarem vom Sinn des Lebens. Immerhin sind alle Menschen mit dem Gespür für Transzendenz irgendwie verwandt...", schrieb mir ein katholischer Pfarrer, nachdem ich ihn auf die heidnischen Mutterquellen so vieler christlicher Ideen angesprochen hatte.

Tatsächlich ahnten und hofften die meisten Kulturen damals wie heute, nach dem Tod eine weitere, möglichst bessere Welt vorzufinden; Kollektivwünsche, denen auch die vorgeschichtlichen Religionen reichlich Rechnung trugen. Warum schließlich gerade das Christentum, eine ursprünglich kleine und kaum beachtete Minderheit, letztlich siegreich alle alten Lehren übertrumpfen konnte?

Viele Religionswissenschaftler und Historiker glauben, die weltweiten, durch das römische Imperium herbeigeführten Nöte und Depressionen der unterdrückten Massen hätten ein beachtliches Scherflein dazu beigetragen.

Versuchen wir, uns für ein kleines Weilchen in jene entscheidende Epoche hineinzudenken, nämlich in die ersten Jahrhunderte unserer Zeitrechnung. Die römischen Kaiser hatten ihre Herrschaft ausgedehnt. Das Reich des Augustus erstreckte sich von der Nordsee bis zum Afrikanischen Sudan, vom Atlantischen Ozean bis zur Krim und konnte stolz 54 Millionen Untertanen sein eigen nennen.

Aber wenn die Römer sich auch in puncto Glaubensbekenntnis tolerant verhielten, indem sie Fremdgötter und fremde Kulte gelten ließen, pflegten sie andererseits die Besiegten zu unterjochen und auszubeuten.

Die Kaiser der folgenden vier Jahrhunderte wurden, gleich welche Schwächen, Schurkereien und Greueltaten sie sich auch erlaubten, als göttlich verehrt und von straff durchorganisierten Soldaten- und Beamtenheeren unterstützt, die in der Machterhaltung der Römer ihre eigenen Rechte und Privilegien gesichert glaubten.

Einen vagen Einblick in jene Situation gewährt der folgende Auszug einer Predigt, die der oberste Geistliche von Konstantinopel im vierten nachchristlichen Jahrhundert zu halten wagte:

"Wenn man nämlich untersucht, wie die Grundbesitzer mit den armen und elenden Landleuten verfahren, kommt man zu der Überzeugung, daß sie unmenschlicher sind als die Barbaren. Den Leuten, die ihr Leben lang hungern und sich quälen müssen, legen sie fortwährend unerschwingliche Abgaben auf. Sie bürden auf ihre Schultern mühsame Dienstleistungen und gebrauchen sie wie Esel und Maultiere. Sie gestatten ihnen auch nicht die mindeste Erholung, ganz gleich ob die Erde Erträge abwirft oder nicht. Man saugt sie aus und kennt ihnen gegenüber keine Nachsicht. Gibt es etwas Erbarmenswerteres als diese Leute, wenn sie sich den ganzen Winter über abgeplagt haben? Von Kälte, Regenwetter und Nachtwachen sind sie aufgerieben. Nun stehen sie da mit leeren Händen. Sie stecken obendrein noch in Schulden. Sie zittern mehr vor den Quälereien der Verwaltung als vor Hunger und Mißerfolg."

Auch die alten Götter schienen besiegt. Würden sie sonst solcherlei Unglück zugelassen haben?

Durch ausgedehnten Handel, durch Truppenverschiebungen und Verschleppungen vermischten sich die unterschiedlichsten Stämme. Verschiedenste religiöse Ansichten und Einsichten prallten aufeinander - die Erde wirkte plötzlich um vieles kleiner. Das Bedürfnis nach gemeinsamem, allgemeingültigem Trost wuchs. Kluge Köpfe erkannten schnell, daß man eine neue, alles miteinander verbindende Weltreligion brauchte.

Dafür bot sich die frischgeborene Christenlehre geradezu an: neben den besänftigenden "Alles-Gute-folgt-später"-Vorstellungen prägte sie ihren Zuhörern zugleich den Siegel der eigenen Sündhaftigkeit ins Gemüt.

"Schuld" wurde schnell zu einem gern und vielzitierten Begriff, denn nur sie, so hieß es, sei als wahre, tiefere Ursache allen Unglücks anzusehen. Sündenerlösung, gottgefällige Demut, Bescheidenheit, ein von Hilfsbereitschaft und Nächstenliebe geprägter Lebenswandel galten in christlichen Kreisen bald weitaus erstrebenswerter als eine etwaige Verbesserung sozialer Mißstände; ein Verhalten, das der herrschenden und emsig ausbeutenden Oberschicht natürlich nur recht sein konnte.

Besonders die überlieferten Jesulehren, so tiefgründig und weise sie in ihrem Sinngehalt auch sein mögen, schienen, wenn man sie wörtlich auslegt, der "High Society" buchstäblich in die Tasche gepredigt zu haben. "Wenn dir jemand einen Streich gibt auf die rechte Backe, dem biete die andere auch dar", heißt es im 5. Kapitel des Matthäusevangeliums. Gleich ein paar Verse weiter liest man: "Liebet eure Feinde; segnet die euch fluchen, tut wohl denen, die euch hassen, bittet für die, so euch beleidigen und verfolgen." Und welcher Christ kennt nicht das Gleichnis vom Kamel, das sich leichter durch ein Nadelöhr zwängen könne, als ein Reicher in das Himmelreich?

Kein Wunder, daß diese neue Bewegung, obwohl sie beharrlich dem Kaiser die Opfer verweigerte, nur in ihren ersten Anfängen mit Argwohn beobachtet und unterdrückt, dann aber von der herrschenden Schicht mehr und mehr gefördert wurde. Christenverfolgungen, im Jahre 249 von Decius eingeleitet und später legendär aufgebauscht, fanden schon anno 313 ihr abruptes Ende, als Konstantin nämlich erkannte, daß von dieser Gruppe gewiß keine revoltierenden Aufstände zu erwarten seien. Vielmehr schienen ihre Ideologien wie geschaffen, um die breite Masse vereint bei der Stange zu halten. Und so machte man sich daran, junge Bruder- und Schwestergemeinschaften zu organisieren.

Jede größere Stadt erhielt ihren Bischof - auf Deutsch soviel wie "Aufseher" - der zumeist als Sohn wohlhabender und einflußreicher Familien keinen geringeren Rang als den eines Senators einnahm und eine wichtige Stütze der Regierung darstellte. Die Bischöfe lehrten ihre Schäfchen für die verschiedensten jeweilig amtierenden "Alleinherrscher nach dem Willen Gottes" zu beten und zu kämpfen. Sah sich die Kirche zuweilen in der Abhängigkeit des Staates, ging es in den nachfolgenden Jahrhunderten immer wieder um die Frage, welche Institution die mächtigere, wer wem zu unterstellen sei.

Das erklärte Ziel war, möglichst alle Menschen zu bekehren und zum wahren, rechten, alleinseligmachenden Glauben zu führen. Vom Papst beauftragte Mönche und Wanderprediger machten sich rührig an die Arbeit, "unwissende Heiden" eines Besseren zu belehren. Wo aber werbende Überredungskünste, himmlische Drohungen und fromme Bibelsprüche nicht zu überzeugen vermochten, sprach das Schwert.

Die alten Religionen erloschen also nicht, weil sie etwa untauglich geworden waren, den Menschen nichts mehr zu geben vermochten, sondern weil sie mit Brutalität und einer Unzahl von Verbrechen und Morden unterdrückt wurden.

Das Gebot "Du sollst nicht töten" und Jesu' Appelle wie "Liebet eure Feinde" durften dabei bewußt ignoriert und mit Füßen getreten werden.

Apropos Bibelsprüche - Basis und Nährboden eines jeden frommen Christen.

"Weil die Heilige Schrift von Gott eingegeben worden ist, hat sie Gott zum Urheber. Sie ist Gottes Wort", belehrte der katholische Katechismus meiner Kindheit. Auch heute läßt man Gläubige gerne weiterglauben, Jehova selbst habe die Schreiber des Alten Testamentes auf wunderbare Weise inspiriert, während das Neue Testament vollgültige Augenzeugenberichte über das Wirken Jesu enthalte.

Tatsächlich aber dürfte es mittlerweile auch unter den ergebensten Theologen längst kein Geheimnis mehr sein, daß mit hoher Wahrscheinlichkeit keiner der allsonntaglich zitierten Evangelisten ein Zeitgenosse Jesu war. Die Niederschriften wurden allenfalls zwischen den Jahren 60 und 95 nach Christus geschrieben bzw. nach Hörensagen, nach Erzählungen und Gerüchten von anonymen Schreibern festgehalten. Die Entstehung des Johannesevangeliums wird von Religionswissenschaftlern gar erst auf das Jahr 110 geschätzt.

Um den Texten schließlich mehr gewichtige Verbindlichkeit zu verleihen, pflegten die Verfasser gern mit dem Pseudonym eines bekannteren Namen eines Jesu-Jüngers zu unterzeichnen; ein kleines Täuschungsmanöver, das zu jener Zeit aber völlig rechtmäßig und legitim war, diente es doch nur dem guten Zweck, den jungen Gemeinden das so notwendige Anleitungs- und Predigtmaterial glaubhaft zu machen.

Keiner der damaligen Autoren hätte wohl jemals zu hoffen gewagt, die eigenen Zeilen Jahrhunderte später Satz für Satz als authentisches Gotteswort wiederzufinden. Und so wurden die Überlieferungen unermüdlich von Gemeinde zu Gemeinde neu abgeschrieben und weitergereicht, inklusive diverser Änderungen, Schreib- und Übersetzungsfehlern.

Aber schon im 2. Jahrhundert erhoben sich erste kritische Stimmen, so etwa Origenes, einer der bedeutendsten Gelehrten des christlichen Altertums, der die lockeren Praktiken zeitgenössischer Bibelautoren kritisierte, indem er beklagte, daß sie "hinzugefügt oder ausgelassen hätten, was ihnen paßte".

Eine vielbeachtete Originalhandschrift ist der aus dem 4. nachchristlichen Jahrhundert stammende Codex Sinaiticus, der 1844 im Sinai-Kloster gefunden wurde.

Allein in diesem Text sollen 16.000 Korrekturen, die auf sieben verschiedene Verfasser zurückzuführen sind, enthalten sein.

Es wird kaum von den Kanzeln herab verlesen, aber viele Bibelwissenschaftlicher sprechen von nachweisbaren bewußten Manipulationen, die durch gezielte Auslassungen und wohldurchdachte Änderungen vorgenommen wurden.

Die gröbsten Fälschungen entstanden vermutlich zwischen den Jahren 325 bis 382, in denen Mutter Kirche sehr wahrscheinlich regelrechte "correctores" beauftragte, alte Bibelinhalte den neuen Auslegungen und Dogmen "anzupassen".

Lassen wir den dänischen Religionsgeschichtsforscher Professor Detlef Nielsen zu Worte kommen:

"Man suchte ihre Einheit (d.h. die der Evangelien) zu behaupten, indem man sie alle als unfehlbare Jesu-Überlieferungen ausgab, die einander ergänzten und die - obschon augenscheinlich verschieden - doch das eine, richtige Evangelium ergeben mußten. Um das zu erreichen, unterwarf man die Evangelien einem umfassenden Vereinheitlichungsprozeß. Zuerst korrigierte man die Handschriften der Evangelien durch Auslassungen und Einschübe, um sie aufeinander abzustimmen ... (dann) stellte man die ganze kirchliche Auslegekunst in den Dienst der Harmonisierung, um ein Evangelium daraus zu gewinnen."

Und sein Kollege Dr. Robert Kehl aus Zürich ergänzt:

"Es ist oft genug vorgekommen, daß die gleiche Stelle von dem einen Korrektor in einem, und von dem anderen gerade wieder im entgegengesetzten Sinne 'korrigiert' oder 'zurückkorrigiert' worden ist, je nach dem, welche dogmatische Auffassung in der betreffenden Schule vertreten worden ist."

Wußten Sie, daß die Bibel zu den meistverlegten, in alle Weltsprachen übersetzten Büchern zählt?

Ich finde die vorangegangenen Informationen deshalb wichtig, weil die "Heilige Schrift" in ihren frühen Anfängen wie auch heute nicht nur zu Trost und Erbauung, sondern ebenso als gezieltes psychologisches Druckmittel benutzt wird, um in furchtsam-gläubigen Herzen Angst zu entfachen und wach zu halten.

Es würde den Umfang dieser Lektüre sprengen, wollte man alle drohenden Gottesgerichtsankündigungen des Alten und Neuen Testaments zitieren und kommentieren. Damit aber keine etwaigen Zweifel am Wahrheitsgehalt jener prophetischen Mahnungen aufkämen, pflegte die Kirche in regelmäßigen Abständen bekräftigende Lehrmeinungen zu veröffentlichen, von denen ich Ihnen eine wortgetreu widergeben möchte:

"Nach den Lehren der göttlichen Offenbarung folgen aus den Sünden von Gottes Heiligkeit und Gerechtigkeit auferlegte Strafen. Sie müssen in dieser Welt durch Leiden, Not und Mühsal des Lebens und besonders durch den Tod, oder in der künftigen Welt durch Feuer und Qual oder Reinigungsstrafen abgebüßt werden. Daß auch nach der Sündenvergebung noch Strafen abzubüßen und Überbleibsel der Sünden zu tilgen bleiben können und oft tatsächlich bleiben, zeigt ganz deutlich die Lehre vom Reinigungsort. Hier werden die Seelen der Verstorbenen, die mit wahrer Buße in der Liebe Gottes gestorben sind, ohne zuvor durch würdige Früchte der Buße für ihre Vergehen und Unterlassungen Genugtuung geleistet zu haben, nach dem Tode durch Reinigungsstrafen geläutert."

Kein Text aus dem finsteren Mittelalter, sondern eine von Papst Paul VI. herausgegebene Konstitution über die Neuordnung des Ablaßwesens vom 1. Januar 1967.

Weitere Texte wollen wir uns ersparen.

Kannten auch die heidnischen Religionen schon zürnende Götter, die sie durch Bitten und Opfergaben milde zu stimmen suchten, praktizierten auch die Gläubigen der Großen Isis schon Beichte und Buße, bleibt das gezielte Erzeugen von Furcht doch eine typisch christliche Machenschaft. Sicher mit Bedacht - denn das Thema Sterben berührt den sensibelsten Punkt der menschlichen Seele. Wer aber Angst hat, wird nur allzu leicht erpreßbar und manipulierbar.

Ernest Jones, Psychoanalytiker, Freund und Schüler Sigmund Freuds, zeigt im Verhältnis Mensch - Religion noch einen weiteren interessanten Aspekt auf: ein sich langsam einschleichendes Abhängigkeitsverhältnis, das einer streng-autoritären Vater- bzw. Eltern-Kindbindung gleichgestellt werden könne. Liebevollen Beistand als Belohnung für Gehorsam. Züchtigende Strafe als Vergeltung bei Unfolgsamkeit.

Unsere heidnischen Vorfahren erlebten religiöse Empfindungen vermutlich nicht ganz so drastisch. Sie konzentrierten sich nicht auf einen Einzigen, sondern verehrten - schillernd und vielförmig wie das Leben selbst - verschiedenste Götter und Göttinnen.

Das brachte Vorteile. Schien sich der Zorn einer bestimmten himmlischen Hoheit entzündet zu haben, konnte noch stets auf die hilfreiche ausgleichende Gunst einer anderen gehofft werden. Eine Art seelische Rückendeckung, die vor Gefühlen der absoluten Abhängigkeit und demutsvollen Selbsterniedrigung bewahrte.

Gestand man den heidnischen Götzen menschliche Züge, Schwächen und Fehler zu, so gilt unser Gott der Bibel als makellos-unantastbar. Aber gerade diese sooft gepriesene, für normale Sterbliche niemals erreichbare Vollkommenheit, erzeugt Schwäche. So unfehlbar wie Gott, so aufopfernd wie Jesus, so keusch und rein wie die später auftauchende Maria, vermag kein irdisches Wesen zu sein. Je perfekter und beispielgebender diese aber präsentiert werden, desto kleiner, kraftloser und schamhafter versinken Gläubige in Heilserwartung.

"Denn ich weiß, daß in mir, so wie ich von Natur bin, nichts Gutes wohnt. Das Wollen habe ich wohl, aber das Gute vollbringen kann ich nicht. Ich elender Mensch! Wer wird mich erlösen von diesem todverfallenen Leibe? Dank sei Gott durch Jesus Christus unserm Herrn." Paulus an die Römer, Kap. 7, Verse 18, 24, 25

Wie zu erwarten, lebte buntes heidnisches Gedankengut in allseits beliebten Volksfesten und Bräuchen munter weiter. Was tun?

"Wenn die Tempel gut gebaut sind, ist es notwendig, sie vom Dämonenkult zum Dienste des wahren Gottes umzuwandeln ... so muß jedes Fest zu Ehren ihrer Götzen ... in ein anderes umgeformt werden", erkannte Londons Bischof Mellitus im 6. Jahrhundert, was treffend dem Tenor aller Konzilsväter entsprach.

Es ist in der Tat erstaunlich, wie exakt die Kirche vormals heidnische Kulte nicht etwa abschaffte, sondern Feier für Feier in ihrem Sinne änderte und vereinnahmte. Wir aber wollen an dieser Stelle nur den mütterlich-mondischen Urkern des Osterfestes streifen.

Schon in vorhistorischer Zeit, in weit voneinander entfernten Religionen und Kulturkreisen feierten die Menschen zum Frühjahrsbeginn das Prinzip der für aller Augen sichtbar werdenden Erneuerung und Wiedergeburt.

Beweinten die Isis-Getreuen den Tod des Osiris, klagte man in Babylonien und Syrien um Tammuz, trauerten unzählige Gläubige um Adonis, während im antiken mittleren Kleinasien die nächtlichen Attis-Zeremonien abgehalten wurden, folgten stets - zumeist zum Vollmond - laut umjubelte Wiedererstehungskundgebungen.

Also ist der Mythos von Tod und Auferstehung uralt und bei weitem keine christliche Erfindung.

Ich weiß nicht, wie es Ihnen geht; ich jedenfalls habe jahrelang schlicht übersehen, daß der Ostertermin immer wieder pünktlich auf den ersten Vollmond nach der Frühlings-Tagundnachtgleiche, bzw. auf das darauffolgende Wochenende fällt. Warum nur mochten sich die katholischen Oberhäupter, 325 in Nizäa, bei der Bestimmung dieses so wichtigen Datums, an dem sich alle beweglichen lithurgischen Jahreshöhepunkte gleichfalls orientieren, ausgerechnet nach der lunaren Phase gerichtet haben?

Weil die nächtliche Feier des jüdischen Passah-Festes ebenfalls auf den Frühlingsvollmond fiel?

Oder ahnten sie, daß dem Volk die verehrende Mondguckerei ohnehin nicht ausgetrieben werden könnte?

Bis weit in das Mittelalter hinein maß ihm die Seele des kleinen Mannes göttliche Kräfte bei, bat ihn in sämtlichen Notsituationen um Hilfe, verneigte sich ehrfurchtsvoll, eine wahre Gefahr für die monotheistische Papstlehre. Deshalb versuchte man zunächst, auch Luna zu christianisieren. So lautete der erste Satz der urchristlichen Hexaemeranexegese: "Diese Lichter, Sonne und Mond, sind Träger und Bilder eines großen Mysteriums. Die Sonne nämlich ist das Bild Gottes, der Mond das Bild des Menschen."

Auf Dauer erwies sich diese Interpretation jedoch als nicht befriedigend. Differenzierter erklärend wurden die Lichter des Himmels bald darauf in das "Mysterium Christus und Kirche" umgewandelt.

Nun hieß es offiziell, der Schöpfer habe in Sonne und Mond ein hinweisendes Vorbild geschaffen: seine Kirche spiegele sich, sterbend, gebärend, dann strahlend gleich einer Braut, Mutter und Königin sichtbar im Monde wider, umkleidet vom Licht der Sonne, die ihr durch Jesu Glanz leuchte. Luna, ein von Gott geschaffenes Sinnbild seiner Organisation auf Erden!

"Wahrlich, selig bist du, o Mond, der du solcher Bedeutung würdig wurdest. Selig preise ich dich, nicht wegen deiner Neumonde, sondern weil du Typus der Kirche bist", soll der mailändische Bischof Aurelius Ambrosius einst enthusiastisch ausgerufen haben.

Doch selbst dieses Gleichnis konnte sich nicht durchsetzen. Die tiefverwurzelt-mondischen Empfindungen der Volkspsyche erwiesen sich als so zählebig, daß man es letztlich für notwendig hielt, sein Konterfei gänzlich aus der erlaubten Vorstellungswelt zu streichen.

Jetzt erfuhren die erstaunten Gläubigen, der Teufel persönlich benutze das Nachtlicht als übles Werkzeug, um fromme Herzen vom rechten Pfade fortzulocken.

Schnell gerieten Silbersichel, Goldscheibe und sicherheitshalber auch die versinnbildlichenden Hörnerformen als frevelhafte Symbole in Verruf. Man sprach von Sündenböcken, dichtete dem Bild des Satans flugs Bockshörner an, und noch in den Bußbüchern des 11. Jahrhunderts galt es als verboten, dem Nachtlicht eine besondere Beachtung zu schenken.

Läßt sich heute die Allegorie des strahlenden Christus, der gleich einer Sonne die Seinen erleuchtet, in etlichen gegenwärtigen Kirchenliedern wiederfinden, so suchte ich den Vergleich von Kirche und Mond vergeblich. Es sei denn, Maria stehe auf einer Mondsichel ...

Himmelskönigin ... Mutter des Lebens ... hohe Herrscherin ... Trösterin der Betrübten ... Unser Leben, unsere Wonne, unsere Hoffnung ... Salve Regina ... und immer wieder "Jungfrau". Eine ganze Seite ließe sich mit ihren Beinamen füllen. Gleich vielen großen Göttinnen finden wir auch Maria häufig mit Schlange und Mond, den uralten Symbolen weiblicher Fruchtbarkeit und ewigen Lebens umgeben. In Gebeten wurde und wird Maria, ebenso wie einst all ihre Vorgängerinnen, um Schutz, Hilfe und Heilung angerufen. Führende Herrscher haben ihr ganze Nationen geweiht, Länder wie Polen, Ungarn und Bayern, in denen sie nach wie vor besondere innige Verehrung genießt. Und nicht zuletzt sind Lourdes, Fatima, Einsiedeln oder Maria Saal nur einige Namen weltweit bekannter Wallfahrtsorte, die alljährlich erneut beachtliche Pilgerscharen anziehen.

Maria - "Urbild der mütterlichen Kirche".

Wie vorchristliche Gläubige in lunaren Phasen ihre Dreifaltige Göttin versinnbildlicht zu erkennen wähnten, lassen sich ähnliche Perspektiven auch in ihrer Ära entdecken. Mit ein wenig Intuition und Phantasie können wir sie als ewige Jungfrau mit Rosenkranz in der frischgeborenen Sichel, als liebreich-leuchtende Mutter im vollen hellen Nachtlicht und als treue Fürsprecherin in der Todesstunde im dunklen Neumond erahnen.

Maria - ein weiteres Glied in dem um den Erdball nachweisbaren Göttinnenreigen?

Ähnlichkeiten und Parallelen gibt es genug. Gleich Artemis gilt sie dem Volk als unkonventionelle Schutzpatronin aller schwangeren Ledigen, wobei sich ihre im Jahre 431 offizielle Erhebung zur "Gottesgebärerin" gewiß nicht zufällig just auf den Trümmern jenes prachtvollen Heiligtums vollzog, das vormals - zu den vielbestaunten antiken Weltwundern zählend - der mächtigen Artemis geweiht war.

Wie ehedem Isis, nennen Katholiken auch ihre Madonna "Schmerzensmutter", "Maienkönigin" oder "Herrin des Grünens und Blühens", und manch andere gegenwärtig gebräuchliche Namen sind mit denen der versunkenen "Allmächtigen Erlöserin" ägyptischer Abstammung durchaus identisch.

Stiftete man der römischen Diana früher kleine Terrakotta-Lämpchen, stellen die Verehrer der Mutter Jesu heute Kerzen auf. Erinnern

Sie sich noch an die heilkräftige, vielbesuchte Quelle, an die ausgiebigen Feiern rund um den italienischen Nemisee?

Tatsächlich setzten die Kirchenväter das Datum der "Maria Himmelfahrt", das übrigens älteste all ihrer Feste, exakt auf den 15. August, der ursprünglich als Ehrentag der unzähmbaren "Lucina" höchstes Ansehen genoß.

"Maria - also doch eine Göttin", könnte nun der oberflächliche Betrachter und Nichtkenner der christlichen Szene denken. Mitnichten.

Denn Diana, die Ungezügelt-Wilde, liebte ihre Freiheit, spottete aller Männer und schickte einen sogar in den Tod, als er es wagte, sie heimlich beim Baden zu beobachten.

Kybele trotzte ihrem Alter, setzte sich selbstbewußt über alle gesellschaftlichen Normen hinweg und ließ sich nicht einmal davon abhalten, den eigenen Urenkel zum Geliebten zu nehmen.

Hekate bekannte sich offen zu ihrem Hang, dunkel-mysteriösen Machenschaften nachzugehen.

Ischtar wies jede sexuelle Prüderie von sich und scheute sich nicht, splitternackt für ihren Geliebten in den Kampf zu treten, während die alleinerziehende Mutter Isis Liebe und Treue ebenso wie Unabhängigkeit und Stärke in sich zu vereinen vermochte.

Liebe Leserinnen, ergeht es Ihnen an dieser Stelle vielleicht ein wenig wie mir? Erkennen auch Sie ein winziges Stückchen Ihrer selbst in diesen Gestalten wieder?

Verkörperte die Große Göttin Freiheitsliebe, eigenwilligen Mut, Tapferkeit, Sexualfreude und etliches andere mehr, so spricht Maria: "Ich bin die Magd des Herrn; mir geschehe wie du gesagt hast."

Dabei schien die Kirche zunächst an gar keiner Madonnenverehrung interessiert zu sein. Vor dem 3. Jahrhundert war niemandem etwas von einer Jungfrauenschaft, geschweige denn von einer leiblichen Himmelfahrt - die erst im 6. Jahrhundert erwähnt wurde - bekannt. Derartige Gedankengänge wurden anfangs sogar in eigenen Kreisen als purer Aberglaube bekämpft. Kein Wunder, sagt die Bibel über die Person Marias selbst doch kaum etwas Konkretes aus. Als man der beliebten Göttinnenverehrung aber gar nicht beizukommen glaubte, ließ man die mutterkult-hungrigen Seelen schließlich gewähren, dichtete ihr entsprechende Eigenschaften an, erließ fundamentierende Dogmen. Und so wurde Maria, nüchtern betrachtet, eine symbolhafte, von der Kirche geformte Figur, die bis in unsere Tage hinein aller weiblichen Welt als patriarchatsgefälliges Vorbild dienen kann.

In feministisch-theologischen Büchern kann heute viel Wissenswertes über diese Thematik und deren Auswirkungen nachgelesen werden. Ich möchte meine Ausführungen deshalb nur auf zwei, aber nach meinem Empfinden ganz besonders vielsagende Zitate beschränken. Das erste entstammt der Feder des uns schon bekannten Bischofs Ambrosius, eines hochgescheiten Gottesmannes, der schnell erfaßt hatte, daß der neuen Religion keinesfalls mit aufrechten, um Selbstverwirklichung bemühten Frauer gedient sein könnte. Und so präsentierte er den jungen Christinnen Maria in folgender Weise:

"Sie war nicht nur leiblich, sondern auch im Geiste Jungfrau. Demütigen Herzens, gesetzt im Reden, bedachten Sinnes, wortkarg, eifrig im Lesen; ihre Hoffnung setzte sie nicht auf ungewissen Reichtum, sondern auf die Fürbitten der Armen; arbeitsam, züchtig in der Rede, gewohnt, sich dem Urteil Gottes, nicht dem eines Menschen zu unterstellen, niemanden zu verletzen, eines jeden Bestes zu wünschen, Älteren Achtung zu erweisen, Gleichaltrigen nichts zu neiden, die Prahlerei zu meiden, der Vernunft zu folgen, die Tugend zu lieben ... Keinerlei Heftigkeit war in ihrem Blick, nichts Schamloses in ihrem Verhalten, keine weichliche Gebärde, kein nachlässiger Schritt, kein mutwilliges Wort, so daß das Aussehen ihres Leibes ein Gleichnis ihres Geistes, ein Bild der Rechtschaffenheit war ... sie aß nur, um nicht zu sterben, und schlief nur soviel als unbedingt nötig; während ihr Leib aber ruhte, wachte die Seele ... Das ist das Bild der Jungfräulichkeit ... Maria war solcherart, daß ihr Leben Lehre für alle sei."

Diese Tonlage hat sich bis in unsere Zeit hinein kaum geändert. Sprach Papst Paul VI. im Jahre 1974 in seinem apostolischen Mahnschreiben "Marialis Cultus" vom "weisen Plan Gottes, der in seiner Familie - die Kirche wie in jedem Heim, die Gestalt einer Frau gegenwärtig wissen wollte, die verborgen und in der Haltung einer Dienerin wach und in Güte schützend ihre Schritte zum Vaterland lenkt, bis der glorreiche Tag des Herrn kommt", so unterstrich auch Papst Johannes Paul II. diese Haltung in seiner letzten, 1987 herausgegebenen Enzyklika "Redemptoris mater". Die christliche Frau entdecke in der marianischen Dimension "wie sie ihr Frausein würdig leben und ihre wahre Entfaltung bewirken kann ... die vorbehaltlose Hingabe der Liebe; eine Kraft, die größte Schmerzen zu ertragen vermag; grenzenlose Treue und unermüdlicher Einsatz; die Fähigkeit, tiefe Einsichten mit Worten des Trostes und der Ermutigung zu verbinden."

Stolze, mondverehrende Amazone, verborgen wirkende, ergebentreue Dienerin im Namen Jesu.

Um eine solche Wende zu erzielen, wurden alle vorherigen Wertvorstellungen buchstäblich auf den Kopf gestellt.

Nicht die Frau gebar den Mann, sondern wurde ihm, nämlich seiner Rippe entnommen.

Nicht die Mutter bewahrte schützend den Sohn, sondern dieser erst stattete sie mit Kraft aus.

Nicht die betagte, kluge, lebensweise Frau wurde geehrt, sondern die junge, unerfahrene noch unschuldige, faltenlose Jugendschönheit genoß - und genießt bis heute - allseitige Bewunderung.

Schließlich wurde die Gestalt Marias sogar benutzt, um jenem uralten Herrscherinnensymbol, der intelligenten, wendigen Schlange, den Kopf zu zertreten.

Und trotzdem. Selbst in der fast ausschließlich von Männern geschriebenen Bibel gibt es diverse Stellen, die den unvoreingenommenen Leser auf Überbleibsel eines ehemals weiblichen Göttinnenbildes hinweisen.

So entdeckte Josefine Schreier während der Recherchen zu ihrem Buch "Göttinnen", daß die genaue, ganz exakte Übersetzung von Jesaja 46, Verse 3 und 4 "Höret mich, ihr vom Hause Jacob und alle ihr übrigen vom Hause Israel, welche ich in meiner Gebärmutter trug und die ihr aus meinem Schoße geboren wurdet" lauten müßte.

Das hört sich doch nach einer Mutter an, nicht wahr?

Oder lesen Sie Hosea 13, Vers 8, in dem Jehova seinen Feinden droht: "Ich falle sie an wie eine Bärin, der man die Jungen geraubt hat".

Auffallend oft wird Gottesliebe irdischer Mütterlichkeit gegenübergestellt. "Kann auch ein Weib ihres Kindleins vergessen, daß sie sich nicht erbarme über den Sohn ihres Leibes? Und ob sie seiner vergäße, so will ich doch deiner nicht vergessen", heißt es bei Jesaja 49, Vers 15.

Ähnliche Stellen finden sich im Neuen Testament, wo "der Vater" mehrmals mit einer flügelausbreitenden, schützenden Henne verglichen wird (Matthäus- und Lukasevangelium).

Und welcher Kirchgänger kennt nicht das Gleichnis von der Frau, die solange ohne Unterlaß einen von zehn verlorenen Groschen sucht, bis sie ihn endlich gefunden hat?

Im Londoner Victoria and Albert Museum befindet sich eine wunderschöne Solnhofener Steinplastik von Hans Daucher. Sie zeigt die Heilige Jungfrau mit Kind auf einem Sichelmond stehend, dessen Antlitz zur Hälfte unter dem Saum ihres wallenden Gewandes hervorlugt.

Aber es ist ein starres, lebloses, besiegtes Gesicht. Als seien die alten Mondreligionen tot. Als habe die neue, reine, keusche, makellose Gottesmagd unwiderruflich über die unbequeme, streitbare Luna-Frau triumphiert.

Im Mittelalter erlebte der Jungfrauenkult eine besonders üppige Blütezeit. Unzählige Marienlieder, Marienandachten, Mariengebete, Marienkirchen und Marienbruderschaften verherrlichten eine entsexualisierte Idealgestalt, der kein weibliches Wesen auch nur annähernd ähnlich zu sein vermochte. Doch je intensiver der Glorienschein Mariens die Gedanken und Gefühle der katholisch empfindenden Männerwelt inspirierte, desto düsterer, ja, gefährlicher wurde das Leben ihrer weltlichen Schwestern auf Erden.

Das mondische Mittelalter

Hat er die Erde nah in Sicht,
errötet schamhaft sein Gesicht.
Hier gibt's auch vieles, das steht fest,
was oft auch uns erröten läßt.
Entfernt er sich dann von der Erden,
sieht man ihn blaß und blasser werden.
Man merkt, wenn der Vergleich beginnt,
daß Mond und Mensch sich ähnlich sind.
Der gute Mond umkreist im Schweben
die Erde und die darauf leben.
Wenn ich ihn seh', frag' ich mich leise,
wen ich denn eigentlich umkreise.
Aus dem Gedicht "Der Mond" von Karl-Heinz Klöpper.

Man kann es wohl sagen: Marienverehrung und Frauenabwertung sind eng miteinander verwoben. Daneben kreisten die mittelalterlichen Volksgedanken um die mehr oder weniger konkretisierte Frage, ob nun den scheinbar hellen, von "Gott erleuchteten" Weisungen der Kirche, oder weiterhin den ureigenen Vorstellungen, den unterschwelligen Ahnungen des geheimnisvoll-dunklen Unterbewußtseins gehorcht werden solle. Zweifellos wird eine große Gruppe unserer weiblichen Vorfahren für die letztere Möglichkeit plädiert haben.

Wurden in Hexenverfolgungen die letzten Kämpfe zwischen Sonnen- und Mondreligionen ausgefochten?

Wir wissen es längst, die Sonne siegte. Denn, so erzählt schon die alte, bereits erwähnte Matriarchatsmythe der kenianischen Luyia: nachdem der von Sonne mit Schmutz beworfene Mond einen erheblichen Teil seiner vormals überlegenen Leuchtkraft eingebüßt hatte, entschied Gott, daß diese nun heller glänzen und ihr Licht des Tages Königen wie Arbeitern senden dürfe, während Mond nachts den Dieben und Hexen scheinen solle.

Tatsächlich wäre er aus der magischen Szene nicht fortzudenken. In verstaubten Anleitungen, auf die wir im nächsten Kapitel noch ausführlicher eingehen werden, wird seine bedeutsame Rolle für ein erfolgreiches Zaubergelingen nur allzu oft hervorgehoben.

Wer würde sich wundern?

Haben Sie sich in einer stillen milden Nacht seinem Licht schon einmal bewußt ausgesetzt? Weltliches verliert Konturen. Wird unwichtig. Er zieht den Blick an, erhellt, ohne weh zu tun, beflügelt die Phantasie, inspiriert, gießt genau jene Stimmung aus, die den Suchenden anregt, mit verborgenen, in der Tageshelle kaum wahrnehmbaren Kräften Kontakt aufzunehmen.

Mondbewußtsein.

Noch den Menschen des Spätmittelalters, nur rund 500 Jahre vor unserer Zeit, schienen solcherlei Wahrnehmungen zur festen Alltagsrealität zu gehören.

Auch in Deutschland bemühte man sich, sein Verschwinden durch lauten Lärm nebst Kesselschlagen rückgängig zu machen, wobei das Volk stimmgewaltig "Vince Luna", "Siege Mond" rief. Bis weit ins 15. Jahrhundert hinein kann eine regelrechte Mondanbetung nachgewiesen werden.

So war es üblich, wann immer die junge Sichel erneut erblickt wurde, ehrfürchtig niederkniend die Kopfbedeckung abzunehmen; ein weitverbreitetes Ritual, das vom einfachen Bauern wie vom gebildeten, gutbetuchten Fürsten eingehalten wurde.

"Er liebt zwar auch die Knaben
doch Mädchen mehr,
gießt freundlich schöne Gaben
von oben her...",

heißt es in einem Wiegenlied von Mathias Claudius.

Geheime, sich zu den Naturkulten bekennende Bünde und Vereinigungen riefen ihre Anhängerscharen zu regelmäßig stattfindenen Mondscheintreffen zusammen. Der Brocken im Harz, Schlern in Südtirol, Heuberg bei Ballingen, Insels- bzw. Kreidenberg bei Würzburg, Fellerberg bei Trier sind Plätze, denen man heute noch ungezügelte Hexenorgien nachsagt. Ähnliche Feste fanden im Ausland statt: in Patermo nahe dem italienischen Bologna, im Gebiet von Benvento, in den ungarischen Tokayer-Weinbergen, im Gebiet des Puy-de-Dome bei Clermont Ferrand in Frankreich und in der Buraonia Heide nahe dem spanischen Sevilla.

Nicht viel anders verhielt es sich im europäischen Norden, wo die "wilden Frauen" von dem Blokula-Berg Schwedens und dem Blakalla-Berg Norwegens für allerlei Getuschel und Geraune gesorgt haben sollen.

Niemand vermag verbindlich zu sagen, was sich hier im Einzelnen abgespielt hat.

Hexen - was immer wir heute darunter verstehen mögen - galten schließlich als argwöhnisch beobachtete, und später als verfolgte Minderheit. Es ist glaubhaft, daß sie ihre Erlebnisse weder wortreich an die große Glocke zu hängen, noch in schriftlicher Form, die womöglich als verräterisches Beweismaterial dienen konnte, weiterzugeben wünschten. Wohl aber wissen wir aus den zum Teil noch gegenwärtig praktizierten Riten des Wicca-Kultes von einem gehörnten Gott und einer zumeist spärlich bekleideten Fruchtbarkeitsgöttin oder Erdmutter, die von auserwählten Mitgliedern der Gruppe dargestellt und euphorisch umtanzt wurden.

Heimliche, nicht eingeweihte Beobachter mögen das ganze schnell mit sexuellen Ausschweifungen und Teufelsanbetung in Verbindung gebracht haben, da alle christlichen Zeitgenossen, denen Reinheit und Keuscheit als oberste Tugenden galten, zwangsläufig schockiert sein mußten. Und so nahmen perverse Phantastereien und Verleumdungen ihren Lauf:

Wenn Hexen mit ihren berüchtigten Besen auf die Erde klopfen oder eine Handvoll Kieselsteine gen Westen werfen, entfachen sich heftige Gewitter und wilde Ernte vernichtende Stürme. Hexen können, je nach Laune und Belieben, verschiedenste Dinge fort- und wieder zurückzaubern, künftiges wie vergangenes Geschehen sichtbar machen, die Seelen ihrer Mitmenschen vor leidenschaftlicher Liebe brennen oder vor tiefabgründigem Haß erbeben lassen, wobei sie die hierfür erforderlichen Mixtinkturen aus ekelerregendem Krötenspeichel nebst toten Vogel- und Igelaugen zusammenbrauen. Selbstverständlich vermögen sie auch Tiergestalten anzunehmen, um sich ihren Verfolgern flugs durch die Lüfte zu entziehen ... doch wehe, wehe den Zurückgebliebenen, die nicht selten urplötzlich von Blitz und Donner erschlagen oder im Geiste wirr gemacht werden.

Viele ländliche Hexen standen überdies im Verdacht des imaginären Kühemelkens: Da stecken sie doch einfach ein simples Holzstück in die Wand, setzen sich gemächlich auf einen Schemel und tun, als ob sie melken, wobei sich ihr Eimer tatsächlich mit köstlich frischer Milch füllt, während der betrogene Bauer leer ausgehen muß. Nicht genug damit, verstehen sie sich auch aufs Nesselknüpfen. Üble Weiber schlagen, so raunte der Volksmund, inmitten kirchlicher Trauzeremonien verstohlen einen Knoten in ihr Tuch, der dem jungen Paar Liebesfreuden, Kindersegen und Hausfrieden solange raubt, bis das verzauberte Teil gefunden und wieder aufgelöst worden ist.

Noch bösartigere Evastöchter durchbohren eigens angefertigte, ihren Opfern ähnelnde Nachbildungen, um ihnen auf telepathischem

Wege Schmerzen, wenn nicht gar den Tod zuzufügen. Die ganz Schlimmen aber fressen kleine Kinder oder werfen sie doch zumindest ins Wasser. Und derselbe Paracelsus, nach dem sich heute unzählige Apotheken nennen, verkündete seiner Zeit, daß Hexen, wenn sie schon nicht mit dem leibhaftigen Teufel im Bunde stünden, mittels Mondstrahlen immerhin noch die Pest bringen könnten.

Lassen wir es mit diesen - keinesfalls vollständigen - Aufzählungen genug sein.

Natürlich suchte man sich durch allerlei gezielte Gegenmaßnahmen vor solch sonnenentferntem Hokuspokus zu schützen. Nahte eine Frau, die jener gefürchteten Gattung anzugehören schien, mußte geistesgegenwärtig ein Besen vor die Tür geworfen werden, war doch bekannt, daß Hexen dieser Versuchung nur schwerlich widerstehen und - hoffentlich - von dannen fliegen würden.

Besorgte Mütter pflegten wenigstens ein falsches Ärmelchen in Kinderhemden einzunähen, ein Brauch, der selbst meiner Großmutter durchaus noch geläufig war. "Denn seitenverkehrt getragene Kleidung", so erklärte sie mir vor Jahren, "bewahrt vor magischen Einflüssen."

Mögen Sie herzhafte Gewürze?

Nun, intensiver Knoblauchduft vertreibt nicht nur menschliche Sympathien, sondern offenbar ebenso üblen Hexenbann; weshalb man die kleinen weißen Zehen bzw. Knöllchen stets am Körper trug und sicherheitshalber auch gleich dem guten Vieh unters Futter mischte.

Gegen Ende des 16. Jahrhunderts räumten vereinzelte zaghafte Stimmen erstmals die Existenzmöglichkeit etwaiger weißer Magie und guter Hexen ein. Waren nicht, allen Unkenrufen zum Trotz, zahlreiche kranke Tiere, ja selbst etliche Dorfbewohner nach geheimen Besprechungen oder Einnahmen mysteriöser Mittelchen wieder gesund geworden? Dennoch erging es der hellen Sorte nicht besser als der dunklen. Eine schwarze Magierin, so beeilte sich die Kirche nun eindringlichst zu warnen, schade schließlich nur äußerem Leib und weltlichem Besitz, während ihre weiße Gegenspielerin jedoch die Seele schände.

"Lieber aus Gottes Gnaden krank, als durch Teufels Hilfe gesund", lautete deshalb die Devise aller Frommen, was einen beachtlichen Bevölkerungsteil aber keineswegs abhielt, weiterhin bei gewissen Frauen Rat und diskreten Beistand zu suchen.

Die Inanspruchnahme helfender Heilerinnen war für alle Kulturen von jeher eine lebensnotwendige Selbstverständlichkeit. Auch in unseren Breiten wandten sich die Kranken vielerorts zunächst an die für ihr reiches Naturwissen bekannten Kräuterfrauen, die ihren Ärztinnenstatus erst im 13. bis 14. Jahrhundert an das Mönchtum abzutreten gezwungen wurden.

Ohne Widerstand?

Wenn ich im Lexikon nachlese, daß die offizielle Hexenverfolgung 1484 von keinem geringeren als Papst Innozenz VIII. eingeleitet wurde, schwant mir, daß hier sehr wohl patriarchales kirchliches Neid- und Konkurrenzdenken im Spiel gewesen sein könnte, zählte doch der Arztberuf von jeher zu den ertragreichsten Einnahmequellen. Sollten widerspenstige Rivalinnen samt allen unliebsamen Sympathisanten ausgeschaltet werden?

Neben den kundigen Pflanzensammlerinnen und Hebammen wirkten die "Psychologinnen". Mit typisch weiblicher Intuition verstanden sie es, sich in die Seele ihres Gegenübers hineinzuversetzen und Erfolge durch Suggestionen, durch Schüren der Einbildungskräfte zu erzielen. Diese "Magie" half gelegentlich, nämlich stets dann, wenn der oder die Betroffene von der Wirkung des angeblichen Zaubers überzeugt war.

Bleiben letztlich jene, nur in der menschlichen Phantasie existierenden vermeintlichen Resultate; unschuldige Zufälle, die sich aber gerade deshalb umso verhängnisvoller auf das gesamte Hexenimage auswirken sollten. Hatten sich zwei Nachbarinnen überworfen und ein Tier wurde krank, war dies möglicherweise auf einen bösen Wunsch der streitbaren Neiderin zurückzuführen.

Kam eine Frau, die sich zudem noch vom üblichen Dorfklatsch fernzuhalten pflegte, allein oder gar auf einem Stock gestützt vom Felde heim - Gnade ihrem guten Ruf, wenn ein Gewitter ausbrach.

In den schlimmsten Phasen der Hexenverfolgung konnte jeder, ob Weib, Mann oder Kind, ob arm oder reich, in Verdacht und damit in die erbarmungslosen Fänge der Inquisiteure geraten.

Elisabeth Castonier erzählt in ihrem Buch "Unwahrscheinliche Wahrheiten" von einer tatsächlichen Begebenheit, die sich im irischen Adelsmilieu des 14. Jahrhunderts zugetragen haben soll: Ein Gericht klagte die hochgeachtete Lady Alice Kyteler an, auf einem Kreuzweg zu nächtlicher Vollmondstunde einen Geist namens Robert Artissen herbeibeschwört, ihm neun rote Hähne plus ein paar Pfauenaugen geopfert zu haben, um mittels magisch-spiritistischer Unterstützung ihren enterbten Sohn aus erster Ehe in den Vermögensbesitz seines verstorbenen Vaters zu bringen. Dabei wurde sie ertappt und verhaftet.

Während ihre Kammerzofe und andere verbündete Helfershelfer nun schmählich verurteilt und verbrannt wurden, entfloh die Lady mit Hilfe des damaligen Bischofs eilends nach England, wo wohlangesehene Freunde sie vor dem irischen Gesetzesarm treulich verborgen hielten. Ob die neun roten Hähne und der Geist des Mr. Artissen jemals eine Wende bewirkt hätten, mag höchst fraglich bleiben. Paradoxes oder nicht paradoxes Tun, obwohl niemand zu Schaden kam, hatte sich die Adelsdame allein des Versuches wegen schuldig gemacht.

Ähnlich widersinnige Vorwürfe mußten sich die Hexen ob ihrer berauschend mondnächtlichen Höhenflüge gefallen lassen.

Da klagte eine kirchenrechtliche Verordnung des 8. oder 9. Jahrhunderts über abgefallene, gotteslästernde Damen, "... die, zurückgekehrt vom Satan und verführt von Illusionen und Trugbildern von Dämonen, glauben und öffentlich aussagen, daß sie in den nächtlichen Stunden auf bestimmten Tieren herumirren, und zwar im Gefolge der Diana, der Göttin der Heiden, und in Gesellschaft von unzähligen Frauen. In der tödlichen Stille der Nacht durchkreuzen sie zahlreiche ausgedehnte Gebiete. Sie gehorchen dem Befehl der Diana, als wäre sie ihre Meisterin. In bestimmten Nächten werden sie aufgerufen, ihr zu dienen. Wenn es nun so wäre, daß sie alle umkämen in ihrer Treulosigkeit, ohne so viele andere mit sich ins Verderben des Unglaubens hineinzuziehen. Aber zahllose Menschen, betrogen durch diese falsche Vorstellung, glauben, daß diese Dinge der Wahrheit entsprechen. Hierdurch wenden sie sich vom wahren Glauben ab und verfallen wieder dem heidnischen Irrglauben. Sie glauben, daß noch eine andere göttliche Kraft besteht als die des alleinigen Gottes."

Und der mittelalterliche "Canon episcopi" ersuchte alle Bischöfe tunlichst achtzugeben auf "verbrecherische Weibsleute, die, durch die Vorspiegelungen und Einflüsterungen des Teufels verführt, glauben und bekennen, daß sie zur Nachtzeit mit der heidnischen Göttin Diana oder Herodias und einer unzähligen Menge von Frauen auf gewissen Tieren reiten."

Auch hier schwelgte die Volksphantasie in wirren Mutmassungen und abenteuerlichsten Spekulationen. Da hieß es, Hexen treffen sich am liebsten unter alten Bäumen oder Kruzifixen, um sich gemeinsam per Besen, Ofengabeln oder verzauberten Böcken gen Mond davonzuschwingen. Sie seien aber stets vor dem ersten frühmorgendlichen Ave-Maria-Geläut daheim, weil Glockenklänge ihren Ohren partout nicht behagten und möglicherweise einen höchst unsanften Rückstoß zur Erde bewirken könnten.

Die Hexensabatte, so raunte man weiter, fänden stets - welche Gotteslästerung! - parallel zu den ehrwürdigen Kirchenfesten statt.

Nun, wir wissen, daß es sich in Wahrheit exakt umgekehrt verhielt, weil Ursprung und Nachahmung geschickt verdeckt wurden.

Wehrten die Geistlichen okkultisches Getuschel zunächst als dumm-törichtes Geschwätz ab, schwenkten sie zu Beginn des 15. Jahrhunderts schließlich gleichfalls auf jenen Kurs ein, der Frauen für eigene Wünsche und Vorstellungen bestrafte. War einer ohnehin auffälligen Seele des morgens übel oder gar schwindelig, zählte es keineswegs als stichhaltiges Alibi, die gesamte Nacht im heimischen Bett verbracht zu haben; denn wahre Hexen können, so wußte jeder, derweil alle Welt sie schlafend wähnt, aus ihren Körpern austreten und unbemerkt die anrüchigsten Orgien erleben.

Was mochte es mit diesen Anschuldigungen auf sich gehabt haben?

Aus allen Zeitaltern und Kulturen erreichen uns Berichte von sogenannten Astralleibreisen. Heute wissen wir, daß es durch bestimmte Pflanzenzusammenstellungen möglich ist, Sinnestäuschungen herbeizuführen, wie sie durch LSD, Psilocybin, Meskalin oder geschulte Meditationen möglich sind, Halluzinationen, die dem nüchternen Verstand schier unvorstellbare Bilder vorgaukeln. Wahrscheinlich brauten unsere Vorfahrinnen seelenbeflügelnde Tinkturen, um ihrem schweren, tristen Alltag ein rosa Schnippchen zu schlagen.

Harold A. Hansen stellt in seinem Buch "Der Hexengarten" die Vermutung auf, es könne vorzeiten mittels jener Mittelchen vielleicht sogar gelungen sein, Wege in andere Dimensionen zu bahnen.

Wie dem auch sei, die vollständigen Rezepturen sind längst verloren gegangen. Wir wissen zwar, daß zu den benutzten Pflanzen Belladonna, Bilsenkraut, Eisenhutwurzeln, Stechapfel und Tollkirsche gehörten, aber die Angaben der genauen Mischverhältnisse sind bis zur Unkenntlichkeit verwischt oder aber bewußt vernichtet worden.

Schauen wir trotzdem in eines jener überlieferten Flugsalbenrezepte hinein, das der vielgeschätzte Universalgelehrte Gianbattista della Porta, der zwischen 1540 und 1615 lebte, in seiner "Magia naturalis" schriftlich festhielt:

"Sie sollen aber ein gewisses Fleisch kochen in einem Kessel mit Wasser, und das oben schwimmende Fett abnehmen, das andere aber starck einsieden und behalten: Hernach diese Materien vermischen mit Epfich (Sellerie), Wolffswurtz (Eisenhut), Pappelzweigen und Weyrauch. Oder sie sollen auch nehmen Wassermerck, Ackerwurtz, Fünff-Fingerkraut, Fledermausblut, Nachtschatten und Oel, und eine Salbe daraus machen. Wann sie sich nun damit schmieren, und die

Glieder wohl damit reiben, daß sie roth, und das Fleisch locker, die Schweiß-Löchlein aber offen werden, Thun sie Fett oder Oel drüber her, daß die Säffte hinein dringen, und die Würckung desto stärker werde. Dahero bedünckt sie dann, daß sie beym Mondenschein in der Nacht umfahren, Schlemmen, Saiten-Spiel hören, Tantzen, und bey schönen jungen Gesellen sind, die sie lieb haben und dergleichen, weil nemlich ihre Einbildungen und Phantasie mit solchen Dingen gantz erfüllt, besessen und eingenommen werden.

Wie sie dann auch von Natur geneigt seyn, ein Ding leicht zu glauben, und Tag und Nacht an nichts anders gedencken. Worzu auch noch dieses hilfft, daß sie nicht viel anders als Mangolt, Wurtzeln, Castanien und Hülsen-Früchte essen ..."

Ähnliche Instruktionen finden sich in den betagten Schriften "De subtilitate rerum", 1550 von Gerolamo Cardano; "De la Lycanthropie, Transformation et Extase des Sorciers", 1615 von Jean de Nynauld; sowie in dem Werk "De praestigiis daemonum et cantationibus, ac uenificiis" von Doktor Johann Weyer, geschrieben im Jahre 1536.

Kräutersammler werden dabei oft auf die Wichtigkeit des rechten Mondphasenzeitpunktes hingewiesen.

Fertige Salben pflegte man sich auf besonders empfindsame Zonen, wie in Genitaliennähe, unter Fußsohlen oder zwischen Achselhöhlen einzumassieren.

Immer wieder versuchten einzelne Altertumsforscher, dem verlorenen Wissen über Flugsalben doch noch auf die Spur zu kommen. Dabei mußten sie die bittere Erfahrung machen, daß schon ein winziges Quentchen zuviel oder zuwenig nicht nur den gesamten Erfolg in Frage stellen, sondern unter Umständen auch den Tod zur Folge haben kann. So ist zumindest ein tragischer Ausgang bekannt geworden, bei dem Dr. Karl Kiesewetter, versierter Experte für Magie und Hexenkunst, bei einem Eigenexperiment ums Leben kam.

Mondisches Mittelalter.

Warum war es so finster?

Der Hexenwahn entstand nicht von einem zum andern Jahr und wurde auch sicherlich nicht von diabolischen Hirnen bewußt planend in die Wege geleitet, sondern entwickelte sich - von vielerlei Umständen motiviert - langsam und kontinuierlich auf seinen schrecklichen Höhepunkt zu.

Chroniken berichten von Pest und Seuchen, die Tod, bittere Armut und Hungersnöte unter die verschreckten Massen streuten, derweil die wenigen Reichen immer wohlhabender und einflußmächtiger wurden. Geschlechtskrankheiten ängstigten die Liebeslustigen Westeuropas, schürten ihre Schuldgefühle und verliehen den kirchlichen Mahnrufen nach geistiger Zucht und Keuschheit ein neues Gewicht; alles in allem Entwicklungen, denen allgemeine Unsicherheit und Neidgefühle zwangsläufig folgen mußten.

Die Idee, daß gewisse Sündenböcke für dieses ganze Dilemma verantwortlich, daß jegliches Unheil weichen müsse, sobald die wahren Schuldigen ausgemerzt seien, wird von vielen verängstigten Herzen als eine geradezu psychische Wohltat empfunden worden sein. Deshalb zielte der Volkshaß zunächst abwechselnd gegen die "Pfaffen der reichen Klöster", wider den geldprotzenden Adel, gegen erfolgreiche jüdische Geschäftsleute und im 15. wie 16. Jahrhundert zunehmend auf Frauen.

Bald schien sich die Tätigkeit des Hexenjagens für weltlich und christlich beseelte Geister gleichermaßen zu rentieren, denn die örtlichen Behörden zahlten jedem Häscher ein Honorar pro überführtem Opfer, während das Vermögen der Hingerichteten abgesegnet und in den Besitz der Dominikanerorden eingegliedert wurde.

Versuchten einzelne Priester die anrollende Welle häßlicher Verleumdungen abzuwehren, indem sie zu Unrecht Verdächtigte verteidigten, ihnen Schutz und Zuflucht gewährten, blieben diese mutigen Gottesmänner leider nur rühmliche Ausnahmen. Das Gros aller Seelenhirten folgte treulich den väterlichen Weisungen Roms.

Die neue Moral schien klar und einleuchtend: alles Gute schrieb man Gott, alles Schlechte dem Teufel zu. Wer sich aber nicht laut und vernehmlich zu Gott, sprich seiner Kirche auf Erden bekannte, konnte nur ein von ihm abgefallenes Werkzeug des Satans sein. Gerne zitierten die Kanzelredner hierzu das 12. Kapitel der Johannesoffenbarung, das vom Streit und Untergang des bösen Drachen berichtet, wie man auch sonst mit dem Heranziehen passender Heilige-Schrift-Zitate recht großzügig verfuhr und Hinrichtungen nicht selten durch das Wort Mose "Die Zauberinnen sollst du nicht leben lassen", als gerechtfertigt gelten ließ (2. Mose, Kap. 22, Vers 18).

Wo Bibelsprüche aber nicht zu überführen vermochten, half mit absoluter Sicherheit der Hexenhammer weiter, eine päpstlich abgesegnete Horrorschrift, die das Aufspüren und Vernichten aller andersgläubig-dunklen Kreaturen zur buchstäblichen Christenpflicht erhob.

Möchten Sie ein bißchen mehr daraus erfahren?

Hier wird den allgemein leichtgläubigen, geschwätzigen Weibern fehlende Selbstdisziplin vorgeworfen, eine jedoch nicht weiter verwunderliche Tatsache, da Frauen dem Manne ohnehin intellektuell wie charakterlich unterlegen seien, was schon allein das Wort "femina" beweise, das nichts anderes als fe und minus bedeute. Habe nicht Eva durch die heimtückische Verführung Adams den Fall der gesamten Menschheit verschuldet? Eifersucht und niedrige Rachegelüste stürzten - laut Hexenhammer - ganze Königreiche ins Verderben, man solle nur an Troja, Juda, Rom, an Helena, Isebel oder Kleopatra denken.

Kein Wunder, so liest sich weiter, daß die von unersättlicher Fleischesgier getriebenen Weiber allein durch teuflischen Zauber zum Ziele kämen.

Dabei hätten die Katholiken allen Grund gehabt, ihren eigenen Vorbildern scharf auf die Finger zu sehen. Gerade Papst Innozenz VIII., Befürworter jener soeben erwähnten Schrift, war schwarzer Magie und gewissem Hokuspokus durchaus nicht abgeneigt. Er hielt sich nicht nur eine Mätresse, mit der er zwei Kinder zeugte, sondern suchte sich auch durch angebliche Verjüngungskuren mittels Ammenmilch und frischen Knabenblutes vital zu halten. Drei Buben sollen durch solcherlei Machenschaften ihr Leben verloren haben.

Aber was mochten diese gegen den brennenden Tod 300.000 angeblicher Hexen bedeuten, die allein in Europa zwischen den Jahren 1484 und 1775 hingerichtet wurden? Nach anderen Statistiken schwanken die Zahlen zwischen 200.000 und mehreren Millionen Opfern.

Frauenfeindliches Mittelalter.

Ob Hexe oder nicht Hexe; unsere Ahninnen durften weder ihr Haar offen tragen, noch bei Gastmahlen neben den erlauchten Pfarrherren sitzen, wie es ihnen auf Strafe untersagt war, geweihte Gegenstände und erst recht keine Hostien zu berühren, die "durch Frauenhände nur besudelt" werden könnten.

Wie schon erwähnt, galten Menstruierende und Wöchnerinnen als im erhöhten Maße schmutzig, lehrte doch der Heilige Hieronymus, welcher heute noch an jedem 30. September seinen Feiertag im katholischen Geistesleben einnimmt: "Nichts ist unreiner als eine Frau in ihrer Periode, was sie anrührt, macht sie unrein." Und selbst im 16. Jahrhundert mußte so manche, die es "in solchem Zustand" wagte, ein Gotteshaus zu betreten, mit einer öffentlichen Erniedrigung rechnen.

Abt Regino von Prüm verbot weiblichen Gesang in allen heiligen Hallen und ließ stattdessen talentierte Knaben kastrieren, um dem Herrn dennoch engelhaft-reine Sopranstimmen präsentieren zu können. Diese über Jahrhunderte hochgehaltene Tradition wurde tatsächlich erst im 19. Jahrhundert durch Papst Pius VII. endgültig aufgehoben.

Nun dürfen auch wir wieder unter Kirchenkuppeln singen. Wohlan, liebe Schwestern, Halleluja!

Hexen, Mondspuk, Mixtinkturen - eine Rezeptsammlung zum Schmunzeln und Ausprobieren

Wenn der Finger auf den Mond weist,
schaut der Dummkopf auf den Finger.
Buddhistisches Sprichwort

Magie ist uralt. Nach wenig populären semitischen Überlieferungen soll sie gar außerirdischer Herkunft sein.

Henoch, einer der zehn Väter des israelischen Volkes, der laut Moses in unmittelbarer Verbindung mit Gott gestanden haben und ohne zu Sterben direkt in den Himmel entrückt sein soll, berichtete von 18 außerplanetarischen, höchst weisen Führern, die sich vor Zeiten auf dem Berge Hermon niederließen, um Auserwählte in die tiefgründigen Geheimnisse der Elemente und des Kosmos einzuweihen. Himmlische Engelsöhne, so gab Henoch weiter, vereinten sich mit erdgeborenen Menschentöchtern, und ihre gemeinsamen Nachkommen galten als so intelligent und stark, daß sie schließlich alle wichtigen Führungspositionen der Welt einnahmen.

Das ererbte Wissen ihrer Väter aber schrieben sie in wohlgehüteten Sammlungen wie Sepher Jezirah oder Sepher Sohar, dem Hauptwerk der Kabbala, nieder.

Interessanterweise stimmen solcherlei Aussagen mit etlichen Bibelstellen des Alten Testamentes überein. Im 6. Kapitel des 1. Buches Mose läßt sich nachlesen: "Es waren auch zu den Zeiten Tyrannen auf Erden; denn da die Söhne Gottes zu den Töchtern der Menschen eingingen und sie ihnen Kinder gebaren, wurden daraus Gewaltige in der Welt und berühmte Männer."

Jahrtausende sind vergangen. Wieder einmal bleiben uns nur Theorien, Mutmaßungen und Spekulationen. Doch alte Felszeichnungen bekunden: seit Menschen bewußt denken und eigenmächtig handeln können, suchten sie beharrlich nach Möglichkeiten, um persönliches Schicksal oder allgemeines Stammeslos durch verschiedenste Praktiken zu beeinflussen.

Hand aufs Herz, wer von uns wünscht sich nicht gleichfalls den immer wiederkehrenden Talfahrten des Lebens ausweichen und dem Glück nach eigenem Gutdünken auf die Sprünge helfen zu können?

Bemühungen, die für frühe Kulturen zur selbstverständlichen Alltagsrealität gehörten. Unsere Voreltern fühlten sich von einer magischen Welt umspannt, die Menschen ebenso wie Tiere, Pflanzen, Mineralien, Kosmos nebst alle übrigen Planeten einschloß. Tatsächlich gibt die moderne Physik derartigen Gedankengängen Recht und hat die Lehre der "Kosmologie" entwickelt, die Universum, Raum und Erde als Ganzes versteht. Auf für uns heute noch unerklärliche Weise scheint alles miteinander verbunden und verwoben, scheint jedes Ding über unbegrenzte Entfernungen hinweg von jedem anderen Ding zu wissen; eine neuzuentdeckende, schwer zu begreifende Realität. Derweil mag der nüchterne Verstandesmensch nach wie vor nur das glauben, was seine Sinne zu erfassen fähig sind.

Sie zählen sich selbst zur letzteren Kategorie?

Nun, junge Wissenschaft zeigt, daß gerade diese Einstellung lückenhaft und rückständig ist. So reichhaltig menschliches Wahrnehmungsvermögen auch angelegt wurde, läßt es uns doch nur Teilaspekte der gesamten Wirklichkeit erkennen. Technische Erfindungen reagieren wesentlich präziser. Neuartige, hochsensible Geräte können feinste, für Ohren unhörbare Schwingungen und Töne, phantastische, für Augen nicht erkennbare Formen, Farben und vieles mehr aufzeichnen. Mikro- und Makrokosmos sind Bereiche, die sich unserer Vorstellungskraft entziehen, aber dennoch, ebenso wie die bewußt erlebte Umwelt zur Realität gehören. Es gibt viele Wahrheiten.

Sie werden in einschlägigen Kreisen erkannt, in kleineren Auflagen publiziert, haben aber das Alltagsbewußtsein des Durchschnittsbürgers noch längst nicht erreicht. Denken wir nur an Telepathie, Gedankenübertragung, die vor knapp 100 Jahren selbst in fachmännischer Runde als simpler Aberglaube und hohles Geschwätz abgewertet wurde. Heute weiß man es besser. Telepathie zählt, neben Prophetie, Hellseherei und vorausschauenden Träumen zu den vielen erstaunlichen Leistungen des Unterbewußtseins.

Gedankenenergie, Kraft des Geistes, Macht des Unbewußten - Wissenschaftler forschen emsig, um diese Phänomene zu ergründen. Ich bin überzeugt, daß ihre Ergebnisse große Umkehrprozesse im menschlichen Denken bewirken werden.

Schon arbeiten in Englands Krankenhäusern erste Geistheiler mit schulmedizinisch ausgebildeten Ärzten zusammen, während andere mutige Kollegen durch spektakuläre Heilerfolge in argwöhnisch beobachteten Massenveranstaltungen für allgemeines Aufsehen sorgen.

Es gibt Kontaktheiler, die durch schlichtes Handauflegen Schmerzen zu lindern vermögen, eine Gabe, von der es heißt, sie stehe besonders allen Eltern kleiner Kinder zur Verfügung. Magnetische Heiler ordnen und stärken die Strahlen der verwirrten Aura. Energieheiler leiten eigene oder fremde Kräfte helfend auf den Kranken weiter, wie auch Heilung durch Visualisieren, durch das bewußte Vorstellen eines gesunden Körpers möglich ist.

Kein dunkler Hokuspokus, sondern ein von Mutter Natur in unsere Wiege gelegtes Urgut um überleben, um das Dasein meistern zu können. Kräfte, die in jedem Menschen mehr oder weniger unterdrückt verborgen schlummern. Stärken, die sich allzeit gern durch bereitwilliges Lernen befreien lassen, wenn wir uns nicht mit negativen "Das-kann-doch-nicht-wahr-sein"-Gedanken gegen sie sperren.

Was hat das alles mit Magie zu tun?

Ich glaube, unsere zaubernden Vorfahren schöpften aus der gleichen Quelle. Doch ihr magisches Weltverständnis verlangte nach einem bunten Kleid. In der Annahme, alles gar zu kunstlos-simpel Scheinende könne womöglich nichts taugen, erfand man zahllose Riten, die den Erfolg zwar nicht herbeizuführen vermochten, wohl aber den Glauben an seine Möglichkeit verstärkend unterstützten. Dunkelheit, zu- oder abnehmende Silbersichel, verhalten geraunte Verse und geheimnisvolle Zeichen dienten als vorbereitende Einstimmung und schmückendes Beiwerk. Gezielte Gedankenströme und innere Gewißheit indessen sind die wahren Impulse aller Veränderungen.

Genug der grauen Theorie. Sie möchten selbst ein wenig Mondmagie betreiben?

Ich habe ein paar aufschlußreiche Anleitungen und Sprüche ausfindig gemacht. Ob Sie diese nun schmunzelnd lesen oder eine Probe aufs Exempel wagen, bleibt Ihnen freilich selbst überlassen. Aber vergessen Sie nicht: ob mit oder ohne Zauberformel, ob mit oder ohne Mondschein, dem stark Glaubenden ist alles möglich. Also dann, viel Spaß!

Obwohl Karies erst in jüngerer Zeit als Zahnkiller von sich Reden machte, war peinigendes Backenweh auch unter früheren Generationen verbreitet. Lassen Sie mich deshalb mit ein paar Anti-Zahnschmerzrezepten beginnen.

Mondgläubige erwarteten geduldig dessen abnehmende Phase, um nun mittels eines Nagels im schmerzenden Punkt zu stochern, bis dessen Spitze blutig war. Anschließend wurde der Nagel still-heimlich in die Nordseite einer möglichst hochbejahrten Eiche geschlagen; ein Ritual, das, solange der Baum seine Äste und Zweige gen Himmel streckte, dem Ausführenden - zumindest an der angebohrten Stelle - Schmerzfreiheit verhieß.

Als Alternative boten sich magische Sprüche an, deren volle Wirkung man allerdings erst bei Neumond zu spüren wähnte. Hatten die zahnschmerzgeplagten Burgersdorfer in der Nähe Wehlaus die junge Sichel erstmals erblickt, hieß es beschwörend:

"Ach du liebes neues Licht
bewahr' mich Gott vor Zähnegicht!
Daß sie mir nicht möchten reißen,
daß sie mir nicht möchten spleißen,
daß sie mir nicht möchten schwären,
daß sie mich nicht möchten quälen,
daß sie mich nicht möchten källen,
daß sie mir nicht möchten schwellen."

Jetzt sollte ein Vaterunser folgen, wobei es sich statt des abschließenden "Amens" jedoch empfahl, die noch quälende Wange sanft mit der Hand zu streicheln.

In wieder anderen Gegenden verbeugte man sich ehrfurchtsvoll, möglichst innigst flüsternd:

"Ich grüße dich, du neues Licht
mit deinen zwei Zacken!
Meine Zähne sollen mich nicht zwacken,
bis das du wirst haben drei Zacken."

Schlau gedacht, nicht wahr?

Die zwei nachstehenden Anleitungen sollen, wenn sie auch nicht im unmittelbar mondischem Zusammenhang stehen, dennoch so gut wie niemals ihren Effekt verfehlen, weshalb ich sie Ihnen nicht vorenthalten möchte:

"Von besonderem Erfolge ist's jedoch", so läßt sich in einer staubigen, vergilbten Schrift nachlesen, "wenn man drei Nächte hintereinander auf dem Kirchhofe schläft oder still auf den Kirchhof geht und vom ersten Grabe dreimal Kraut pflückt und damit still nach Hause geht." Dieses Kraut soll zudem gegen Reißen und Rheumatismus helfen.

Wer es aber wage, den möglichst rechten Zeigefinger einer Leiche sanft auf das eigene schmerzpochende Faktum zu drücken, werde - so glaubte man noch im späten Mittelalter - nicht nur für alle Zeiten von übler Zahnpein befreit bleiben, sondern habe zugleich ein wirksames Mittel gegen Flechten und Feuermale zur Hand.

Mein Rat: Gehen Sie auf alle Fälle vorsichtshalber doch lieber zum

Arzt. Zahnziehen soll bei zunehmendem Mond übrigens wesentlich weniger beschwerlich sein!

Als nicht minder gefürchtet zählte das Fieber. Wo kühlende Wadenwickel und bittere Pflanzenextrakte nicht zu helfen vermochten, entsann man sich schnell auf die gute Frau Luna.

In Pommern pflegten Leidende am Abend nach Vollmond eine Handvoll Salz in fließendes Wasser zu streuen, und dabei sprachen sie folgendes:

"Ich säe meinen Samen
in Gottes Jesu Namen.
Wenn dieser Samen wird aufgehn,
will ich mein Fieber wiedersehn."

Es hieß, sobald das Salz aufgelöst sei, werde auch der Kranke wieder genesen sein.

Wer es lieber weniger religiös mag, könnte - diesmal allerdings nur empfehlsam bei abnehmender Goldscheibe - auf einem Besen flugs in Richtung des nächstliegenden Kreuzweges reiten, das somit fieberdurchzogene Teil hier ablegen, um stumm und ohne Zeit zu verlieren ins heimische Bett zurückzueilen.

Falls Sie aber den Spott Ihrer Nachbarn fürchten, böte es sich ersatzweise an, gemächlich spazierend einen verlassenen Grenzrain aufzusuchen, harmlos tuend ein Loch in die Wiese zu schneiden, dreimal hineinzuhauchen und wieder zu verschließen.

Ein anderer weitverbreiteter Brauch bestand im sogenannten "Fieberverbohren": Man bewaffne sich mit Hammer und Holznagel, bohre ein Loch in einen möglichst abseits gelegenen Baum oder Pfahl, hauche dreimal in dasselbe und spreche, den eigenen Namen einsetzend: "xy ist nicht zu Hause". Originalklang: "xy es net to Huus." Anschließend wird die Stelle exakt mittels eines Nagels verschlossen und der Heimweg ohne zurückzuschauen in unbedingtem völligen Schweigen angetreten.

Stillschweigen - ein typisches, auffallend häufig erwähntes Gebot, das einen tiefen Sinn erfüllte. Denn wer allzu redselig über geheimste Machenschaften, Träume und Wünsche spricht, riskiert es, sich skeptisch hochgezogenen Augenbrauen, allgemeinem Unverständnis oder breiter Lächerlichkeit preiszugeben; fremde Reaktionen, die den erforderlichen Eigenglauben an den Erfolg nur schmälern können.

Aus vermutlich ähnlichen Motiven fanden auch Besegnungen und Besprechungen - unter freiem Himmel, ohne Kopfbedeckung - vornehmlich im Dunkeln statt. Immer durfte nur leise gemurmelt, niemals laut gesprochen werden. Eingeweihte zweifelten nicht, daß jegliche Zauberkräfte allein bis zum ersten Hahnenschrei wirksam seien, und sich mit zunehmender Tagessonne wie feuchte Nebelschwaden auflösen müßten. Selbst dem Teufel gleite nun alle Macht aus den Händen, weshalb er der oberen Welt beim ersten morgendlichen Kikeriki fluchtartig den Rücken kehre. Einige gewitzte Magier gaben stolz zum besten, Satan gar durch geschickt imitiertes Hahnengekräh' geprellt zu haben. Solcherlei Vorstellungen lassen sich begründen. Der Hahnenschrei symbolisiert die Realität des Alltags. Was in der Dunkelheit noch vage, verschwommen für möglich erahnt wurde, verfliegt in der Sonnenhelle und räumt der pochenden Macht des Verstandes den Platz. Schnell wird die Zweifelhaftigkeit des nächtlichen Treibens bewußt. Nüchterne Überlegungen lassen unvernünftige Hoffnungen wie leere Säcke zusammenschrumpfen. Morgenstunde - wahrhaftig keine günstige Magiezeit!

Alle äußerlich sichtbaren Entzündungen benannte man "Feuer". Sie wurden zumeist bei vollem oder abnehmenden, besser noch im dunklen Neumond besprochen. Kenner bestrichen entzündete Stellen dreimal mit frischer Holzkohle oder Feuerstahl und sprachen ihren Segen, wobei nach jedem Durchgang unbedingt ausgespuckt werden mußte.

Hier zwei Sprüche zur Auswahl:

"Es gingen drei heilige Frauen waschen,
die eine klopft,
die andre schält,
die dritte löscht das Feuer aus."

Oder:

"Ich rathe mit dir vor neunerlei Wundenfeuer,
es soll nicht reißen,
nicht spleißen, nicht stechen,
nicht brechen, nicht källen
und nicht schwellen."

In Litauen ging es ein bißchen fixer zu. Man müsse sich, so gaben die Alten an die Jungen weiter, im hinschwindenden Viertel des Mondes lediglich auf einen einsamen Kreuzweg stellen, der guten Sichel vertrauensvoll das Gesicht entgegenwenden und bittend "Was ich sehe, laß zunehmen, was ich nicht sehe, abnehmen" flüstern. Mondchen werde die Geschwüre schon vertreiben.

Eine Überlieferung aus Pommern lautet: "Der an Flechten Leidende muß im abnehmenden Monde den Zweig einer an einem Kreuzweg stehenden Weide abwärts biegen, mit der Spitze des Zweiges die Flechten dreimal übers Kreuz bestreichen und dabei sprechen:

'Die Flechte und die Weide
die liegen beid' im Streite,
die Weide muß gewinnen,
die Flechte muß zerrinnen.'"

Wenn wir alten Kommentaren glauben dürfen, verschwanden eiternde Wunden, Hühneraugen, Warzen, Rheuma, Ungeziefer etc. oftmals nach einmaliger Besegnung, während schwerere Krankheiten mindestens drei aufeinanderfolgende Monate in Anspruch genommen haben sollen.

Lassen Sie mich an dieser Stelle ein höchst interessantes Untersuchungsergebnis des an der amerikanischen Pennsylvania-Universität wirkenden Psychologen Howard Hall erwähnen. Er hypnotisierte einige Versuchspersonen und befahl ihnen, die eigenen weißen Blutkörperchen als hungrige, alle schädlichen Krankheitskeime verschlingenden Haifische zu sehen. Diese Vorstellungsbilder sollten weiterhin regelmäßig vor dem geistigen Auge abgespult werden. Und siehe da - bald schon wiesen die Versuchspersonen eine deutlich erhöhte Anzahl weißer Blutkörperchen auf. Es gibt also eine Chemie der Einbildung. Es ist dem Menschen möglich, allein durch Einbildungskraft und Glauben, körperliche, biochemische Veränderungen auszulösen.

Selbst schlichte "Das-Gute-siegt-über-das-Kranke"-Gedanken können durchaus wirksam sein. Denn Geist herrscht über Materie!

Unter "Darre" verstand man den gefürchteten, weil ansteckenden Schnupfen des Federviehs, aber auch das krankhafte Abmagern junger Tiere. Manche Bäuerin erhoffte sich hier durch "Darreabbacken" wirksame Hilfe. Getreu dem Motto "Was dem Viehzeug nutzt, wird auch Bub und Mädel nicht schaden", sprach der Volksmund diesem Ritus zudem positive Auswirkungen auf das Körpergewicht allzu unterentwickelter Kinder zu: An drei aufeinanderfolgenden, jedoch unter allen Umständen in der abnehmenden Mondphase liegenden Donnerstagen, beschaffte sich die magiekundige Hausfrau 1/2 Quart Mehl, knetete einen Teig und heizte den Backofen ein. Während sie in der Küche sorgsam drei Brötchen formte, schritt ein mitwissender Helfer rund ums Haus, trat schließlich ein und fragte "Was backst?" Worauf die Bäckerin "Ich backe (Name des Kindes oder Tieres) die Darre ab" antworten mußte. "Back, back", bestärkte nun der Verbündete, und der erste Wecken wurde mit verhaltenem "Im Namen Gottes"-Gemurmel nebst allen guten Wünschen in die Glut geschoben. Nach gleichem Hergang entstanden zweite und dritte Semmel, die schließlich am Abend desselben Tages unter schimmerndem Nachtlicht in fließendes Wasser versenkt wurden.

Ein anderes und weniger kompliziertes Mittel gegen Auszehrung findet sich im ersten Teil des Mosis-Buches, einer alt-obskuren Zauberfibel unbekannter Herkunft, die nichts, aber auch gar nichts mit den Mosesbüchern des Alten Testamentes zu tun hat.

Hier heißt es: "Gegen diese fürchterliche Krankheit hat sich in vielen Fällen bewährt: 1 Löffel Muttermilch mit Zucker bei abnehmendem Monde täglich getrunken; auch Erdbeeren in Branntwein geweiht, und dessen Saft genossen, ist zu empfehlen."

Epilepsie. Schon die alten Griechen wähnten zwischen Mond und Fallsucht gewisse Zusammenhänge; Vermutungen, die sich durch fast alle Kulturen und Kontinente zogen. Als populäres Heilmittel der Antike galt es, Korallenwurz, Pfingstrosen und Strichninwurzeln im Schein der verlierenden Mondsichel zu sammeln und in einem geweihten Leinenbeutel als Amulett auf der Brust zu tragen. Da die Pfingstrosen aber keinesfalls per Hand gepflückt werden durften, banden erfindungsreiche Sammler einen jungen hungrigen Hund an die erkorene Staude und lockten mit Futter. Sobald sich das Tier mit knurrendem Magen aufs langersehnte Fressen stürzte, wurde auch der begehrte Busch aus dem Boden gerissen und durfte jetzt bedenkenlos verwendet werden.

Die Heilige Hildegard von Bingen empfahl in ihrer Schrift "Ursachen und Behandlungen von Krankheiten", einen Edelstein drei Vollmondtage hindurch in einem gefüllten Wasserkübel ruhen zu lassen, das kostbare, einmal kräftig erhitzte Naß gut zu verschließen, um darin nachfolgende 10 Monate - stets bei abnehmendem Nachtlicht - die Nahrung der Epilektiker aufzuweichen.

Wer aber keinen Edelstein besaß, sollte - so propagierten andere versierte Kenner - getrosten Herzens einen runden Jahreslauf hindurch die letzten 15 Minuten eines jeden Freitages der abnehmenden Selene unter einen Holunderbaum lehnend schweigend gen Osten schauen.

Sie leiden unter Hämorrhoiden?

Nur Mut! Auch dem ist lunarisch abzuhelfen. Die lästig juckenden Knötchen werden möglicherweise verschwinden, wenn sie vor den Sonnenaufgängen der abnehmenden Mondphase mit frischem Tauwasser betupft werden.

Und in Byzanz rief man den guten Alten noch weit bis ins 15. Jahrhundert hinein laut mit den Worten an:

"Heil dir Mond! Ich grüße dich Mond! Ich beschwöre dich, daß du mir die Hämorrhoiden vertrocknest!"

Schwarzer Nachthimmel, unzählbare Funkelsterne. Viele Mediziner des Mittelalters waren zugleich überzeugte Astrologen. Sie glaubten einzelne Organe von verschiedenen Planeten beherrscht zu wissen. Während Saturn für rechtes Ohr und Milz, Jupiter und Mars dagegen für Leber und Rippen zuständig seien, sorgten Venus und Merkur für gesunde Nieren. Auf Gehirn, Kehle, Magen und Bauch aber, ließ sich in manch renommierter Arztpraxis vernehmen, übe Luna selbst ihre tiefgreifenden Einflüsse aus.

Da ihre heilenden Kräfte aber besonders intensiv in Silberpappel, Rüben, Bohnen, Zwiebeln, Gurken, Hauswurz und weißer Rose präsent seien, ließe sich aus diesen - Mutter Natur sei es gedankt - beste Extrakte zur Behandlung aller mondisch bedingten Beschwerden gewinnen.

Dabei klafften die Ansichten über Kombinationsmöglichkeiten und Wahl des rechten Sammelzeitpunktes beträchtlich auseinander. Ob in hinschwindender oder heranreifender Spanne, ob im dunklen oder gar vollen Nachtlicht, schien von Kraut zu Kraut, von einem Landstrich zum anderen verschieden und eine spezielle Wissenschaft für Eingeweihte zu sein.

Indessen deuten neuere Untersuchungen darauf hin, daß der Mondstand tatsächlich Pflanzensubstanz zu beeinflussen vermag. Mehr noch. Der amerikanische Arzt Edward Andrews wertete die Unterlagen von weit über 1000 operierten Patienten aus und entdeckte an allen Voll- und Neumondtagen ein unübersehbares Auftreten überdurchschnittlich vermehrter extremer Blutungen.

Was mochten die Alten über solcherlei Zusammenhänge gewußt haben? Selbst im dringlichsten Notfall hätte es kein mittelalterlicher Chirurg gewagt, sein Messer entgegen des rechten Mondstandes anzusetzen. Als optimale Zeiten zählten Jacobus-, Bartholomäus- und Martinstag, sowie jene Perioden, in denen Mond, Jupiter oder Merkur durch die Zeichen Steinbock, Widder, Krebs oder Waage zogen. Aus diesen Stellungen ergaben sich gute oder schlechte, günstige oder kritische Tage, welche die Lebensgefühle unserer Ahnen rund um den Kalender beherrschten. Lesen wir, wie der Arzt Johann Georg Zimmermann noch selbst im 18. Jahrhundert über solcherlei Volksglauben klagte:

"Ich sehe, daß ein abergläubischer Mensch nichts unternimmt, ohne vorher den Kalender um Rat gefragt zu haben. Hat er einen Seitenstich, so stürzt er sich lieber in Todesgefahr, als daß er sich an einem Tage eine Ader öffnen ließe, an welchem diesen Sternpossen zufolge nicht gut Aderlassen ist. Er glaubt, alles steige aufwärts, wenn der Mond im Aufsteigen ist, darum schluckt er in dieser Zeit kein Purgatz

(Abführmittel), aus Furcht, sie werde ein Brechmittel. Er glaubt, alles werde voll, wenn der Mond voll ist, darum trinkt er in dieser Zeit bei der äußersten Mattigkeit keinen Wein. Er glaubt, alles eile niederwärts, wenn der Mond abnimmt, darum hofft er, jedes Mittel und jede Speise werde ihn in dieser Zeit purgieren (reinigen). Er mag so krank sein als er immer will, so nimmt er kein Mittel, von was für Art es immer sei, wenn der Mond im Stier ist, aus Furcht, dieses wiederkäuende Tier jage sein Mittel aus dem Magen in den Mund."

Verlassen wir nun das Feld der Medizin. Wenden wir uns der Schönheitspflege zu.

Besonders in puncto Hautwucherungen schien Selenes reine Silberflut unverzichtbar zu sein.

Warzen sollen wie aufgescheuchte Fliegen verschwinden, wenn der Gläubige unter wachsender Sichel ans Fenster tritt, und - indem er die Mondin anschaut - über die leidigen Stellen ihr entgegenstreicht und "Was ich abstreif', das verlier' sich, was ich anseh', das vermehr' sich" bittet.

Im Oldenburger Raum wartete man erst die Geburt des Neulichtes ab, um die Warzen sacht mit schwarzer Erde zu bestreichen - die abschließend energisch mit dem Gruß "Glück und Segen, neuer Mond!" in seine Richtung davon geschleudert wurde.

Rund um den sächsischen Freiberg zogen Magiekundige einen anderen Ritus, nämlich den der übertragenden Weitergabe, vor: Geber und Abnehmer sollten gedanklich intensiv verbunden geistige Energien aufeinander zu lenken. Im Goldlicht der vollrunden Luna fährt der Behaftete jetzt über seine Wucherungen und konzentriert sich mit stärkster Kraft und den Worten "1 - 2 - 3 - 4 - meine Warzen schenk ich dir" auf den Empfänger. Sei dieser, glaubten die Sachsen, von Herzen bereit, das Übel helfend auf sich zu nehmen, werde der Tausch wohl gelingen.

Und wenn dies alles nichts nutzen mag?

Wer weiß, vielleicht hilft folgende alte Überlieferung aus Pommern?

"Schlage über die Warze bei abnehmendem Monde in einen Zwirnsfaden stillschweigend so viel Knoten als Warzen vorhanden sind, und trage darauf den Faden 1 Tag oder 3 bei dir; dann wirf ihn fort auf den Misthaufen oder vergrab ihn unter der Schwelle oder sonst in die Erde. Verbrennst oder vernichtest du den Faden, so nutzt das Mittel nicht. Findet jemand den Faden und hebt ihn auf, so wird der Betreffende alsbald mit Warzen behaftet."

Seit jeher wechselten wohlriechende Duftwässerchen und schönheitsfördernde Cremes für teures Geld bzw. hochwertige Tauschwaren ihre Besitzerinnen. Aber auch die weniger gut betuchte Eva kannte etliche Mittelchen und Tricks, um ihre äußeren Reize geschickt ins rechte Licht zu rücken. Dabei galt makellos-klare Haut als erklärtes Schönheitsideal aller Damenwelt. Was tun? Frisches, von einem Leichenstein aufgetupftes Regenwasser soll - dreimal über Kreuz im abnehmenden Monde übers Gesicht verwischt - Sommersprossen und Leberflecke nachhaltigst vertreiben.

Oder würden Sie es lieber mit Herrn Goethe halten?

Im "Faust" läßt er seinen teuflischen Höllengeist Mephisto raten:

"Nehmt Froschlaich, Krötenzungen kohobiert, im vollsten Mondlicht sorglich destilliert, und wenn er abnimmt, reinlich aufgestrichen - der Frühling kommt - die Tupfen sind entwichen."

Wenn Sie es sich zudem noch zur Regel machen, Ihre Frisur prinzipiell nur am 3. Neumondstag zu kürzen, werden Sie - möglicherweise - über spärlichen Haarwuchs nie mehr klagen müssen.

Sie lieben blond? Dunkles, im Vollmondschein geschnittenes Haar soll - zumindest nach Überzeugung mittelalterlicher Barbiere - in Bälde merklich heller werden.

Bemühungen um Schönheit und Sehnsucht nach Liebe sind enge Verwandte.

"Lieber Mond, sage mir, wen ich werd' haben zum Manne hier", wünschten die heiratswilligen Mädchen Sprottaus bei Oppeln, wobei sie der jungen Sichel drei herzhafte Kußhände zuwarfen, um des Zukünftigen Bild im nächsten Traume zu erwarten. Doch Vorsicht!

Unter abnehmender Scheibe geschlossene Ehebünde könnten Kinderlosigkeit, Unglück und Armut bringen.

Apropos Armut. Die gestirnsfromme Volksseele wähnte, Luna vermöge durchaus zu befreiendem Wohlstand verhelfen, wenn man es nur richtig anfange. Spielern wurde geraten, der leuchtenden Lady nie und niemals den Rücken zu zeigen, weil solcherlei Respektlosigkeit zur unweigerlichen Pechsträhne führen müsse; wie es sich generell empfahl, neue Arbeitsstellen ausschließlich und nur im anwachsenden Sichelbild anzutreten. Ganz gewiß aber bringe die gute Mutter bares Geld, wenn man ihr das eigene finanzielle Dilemma vertrauensvoll offenbare und sie in die traurig-leere Börse hineinscheinen lasse.

Noch treuherziger verhielten sich etliche Zigeunerstämme, die beim Anblick jeder Neumondin schnell alle Kleider auszogen.

Mußte Selene bei soviel dürftig wirkender Nacktheit nicht Erbarmen zeigen?

"Neumond ist herausgekommen - Möge sie uns Glück bringen - Sie hat uns ohne einen Pfennig vorgefunden. Möge sie uns mit viel Geld beschenken und mit guter Gesundheit und mehr", raunten die Kalderasch einander zu.

Auch das schon erwähnte Mosisbuch hat einige schlaue Tips in Sachen Wohlstandsmehrung und Liebesentwicklung parat:

"Will man mit Hilfe der Geister zu Ausführung von Diebstahl, Raub, Einbruch, Diebeshehlerei, Gaunerei usw. ansprechen, so schreite man zu Werke, wenn das erste Mondesviertel frei und in vollem Lichte erscheint, weil in jeder anderen Zeit der Teufel leicht sein Spiel treiben könnte ... Sachen der Liebe und des Fleisches zwischen beiden Geschlechtern machen sich ebenfalls am besten, wenn der Mond in voller Pracht in den Zwillingen steht und noch immer im Wachsen begriffen ist, noch besser aber, wenn er gerade im Zeichen der Jungfrau steht. Übrigens wiederholen wir nach allen diesen Andeutungen die große Hauptlehre: Beginnet nichts ohne Glauben, ohne vollen Glauben, denn ohne diesen ist alles eitel."

Zweifellos dürfte dieser letzte, soeben zitierte Satz die wichtigste Aussage der gesamten Lektüre sein.

Lassen Sie uns noch ein wenig bei der Liebe, nebst allem, was dazugehört, verweilen.

Zigeunerinnen suchten im nächtlichen Goldlicht gern eigenes Haar mit einer Locke ihres Geliebten zu verflechten; ein uraltes Ritual, das, wenn es dreimal zu wiederholen gelang, beständige Liebe und Treue des begehrten Mannes garantieren sollte.

Bürgerliche Kreise neigten dagegen eher zu der Auffassung, Luna solle besser nicht aufs zweisame Bettlager, geschweige denn auf die Wiege eines Neugeborenen scheinen, weil ihre Strahlen Zwistigkeiten und Gemütsstörungen hervorrufen könnten. Richtig gefährlich werde es freilich, wenn ein Mann im Mondschein Wasser läßt und anschließend eine Frau zu schwängern sucht, eine Verfehlung, die nach Überzeugung der Oberpfälzer fast immer blöde, mißgestaltete Kinder nach sich zieht.

Als weiteres dunkles Omen zählte versehentlich vergessene, im Nachtlicht getrocknete Wäsche, die nach düsteren Mutmaßungen vieler ängstlicher Mutterherzen schnell zur Totenkleidung werden könne.

Die atemberaubende Vorstellung, ein künstliches Wesen außerhalb des Frauenleibes beleben zu können, ist keineswegs neu. Der Schweizer Arzt, Chemiker und Philosoph Paracelsus verkündete seinen Zeitgenossen unermüdlich, daß ein Kranker stets allumfassend, nämlich körperlich, seelisch und geistig zu heilen sei. Paracelsus galt nicht nur als überzeugter Mondbeobachter und Kräuterfreund, sondern mühte sich ebenso, positive Veränderungen mittels Amulette, Wort- und Zahlenmagie zu bewirken. Aber wußten Sie auch, daß ihn seine Experimentierfreudigkeit sogar zum Herstellungsversuch eines Homunculus, eines künstlichen Menschen trieb? Hier seine Anleitung im Original:

"Dass der sperma eines Mannes in verschlossenen Curcurbiten per se, mit der höchsten Putrefaction ventre equino, putreficirt werde auff 40 Tag, oder so lang biss er lebendig werde, und sich beweg, und rege, welchs leichtlich zu sehen ist. Nach solcher Zeit wirdt es etlicher Massen einem Menschen gleich sein, doch durchsichtig, ohn ein Corpus. So er nun nach diesem, teglich mit dem Arcano Sanguinis humani gar weisslich gespeiset und ernehret wirdt, biss auff 40 Wochen, unnd in stäter gleicher Werme ventris equini erhalten: wirdt ein recht lebendig menschlich Kind darauss, mit allen Gliedmaßen, wie ein ander Kind, das von einem Weyb geboren wirdt, doch viel kleiner."

Gleichgeschlechtliche Liebe. Im mittelalterlichen Pommern riet man den jungen Männern:

"Wer keine Liebe zum schönen Geschlecht fassen kann, ziehe sich am Freitag Abend stillschweigend beim Mondenschein ein Mädchenhemde an und ziehe es am Sonntag Morgen wieder aus. Die Liebe erwacht."

Da aber frisch entfachte Leidenschaft und eifersuchtsdurchtränkter Herzschmerz nahe beisammen leben, tut es gut, einen wirkungsvollen Rachezauber zu kennen.

Die Pommern wußten "jemanden zu schlagen, wenn er auch meilenweit entfernt ist: Wenn der Mond an einem Donnerstage aufgeht, so gehe vor Sonnenaufgang zu einem Stock, den du dir vorher ausgesucht hast, stelle dich mit dem Gesicht gen Sonnenaufgang und sprich 'Stock, ich schneide dich im Namen Gottes im Namen Gottes, des Vaters und des Sohnes und des Heiligen Geistes.' Hierauf nimm ein Messer und sprich zum Stock: 'Ich schneide dich im Namen Gottes, daß du mir sollst gehorsam sein, welchen ich prügeln will, wenn ich seinen Namen anrufe.' Alsdann schneide auf beide Seiten des Stockes folgende 3 Worte ein: ABIA, OBIA, FABIA. Willst du nun jemand prügeln, so lege deinen Rock auf einen Scheerhaufen, auch Schutthaufen, oder auf die Türschwelle und nenne dabei die Person, welche die Schläge bekommen soll. Darauf schlage mit dem Stock tapfer zu, so wird die Person dieselben Hiebe erhalten, die du auf deinen Rock tust."

Genug der Zauberei!

Schließlich hat Selene noch weitaus mehr, nämlich allerlei reale, wissenschaftlich fest erwiesene Einflüsse auf unsere Erde zu bieten.

Achtung Mondschein!

Das Blut des Menschen gehorcht dem Mond.
Indisches Sprichwort

Ist Mondin eine entfernte Verwandte, oder eine Schwester der Erde? Oder gar deren leibliche Tochter?

Niemand kann es genau sagen, denn ihr Ursprung und ihre Entstehung sind der Wissenschaft bis heute ein Rätsel geblieben. Wurden in einschlägigen Fachkreisen auch vielerlei Geburtstheorien diskutiert, läßt sich doch keine hundertprozentig beweisen.

Da gibt es zunächst die bereits im Jahre 1878 vorgeschlagene Abspaltungshypothese, nach der Mond und Erde einst ein vereinter Körper gewesen seien, aus dem Luna sich später aufgrund extrem schneller Rotationen herauslöste und selbständig machte. Doch die meisten zeitgenössischen Forscher bezweifeln diese Möglichkeit. Um eine derartig immense Spaltung herbeizuführen, hätte unser Globus in etwa zwei Stunden einmal um die eigene Achse kreisen müssen - ein schier unvorstellbarer Gedanke.

Als nicht weniger überholt gilt die sogenannte Einfangtheorie: die vielbewunderte Goldscheibe könnte der Erde vor Zeiten zu nahe gekommen, von ihrem Magnetfeld angezogen und so auf immer und ewig an irdische Nähe gebunden worden sein - eine mittlerweile nach physikalischen Berechnungen ebenfalls auszuschließende Vermutung.

Auch die Doppel-Planeten-Fiktion, Erde und Mond seien möglicherweise unabbängig voneinander, jedoch zur gleichen Zeit und aus gleicher Materie entstanden, wurde letztlich durch die allerjüngste, 1984 auf einem Mondexperten-Kongreß auf Hawai vorgestellte Aufprallhypothese abgelöst.

Man lese und staune: Nichts als Gase, Staub- und Steinwolken, die sich langsam aber kontinuierlich zu immer größer anwachsenden Körpern ineinanderklumpten, sollen vor rund 4,6 Milliarden Jahren das gesamte Sonnensystem beherrscht haben. Eines Tages raste eine solche, vermutlich dem Umfang des Mars gleichende Ansammlung mit 40.000 Stundenkilometern auf unsere junge Erdmutter zu, durchschlug ihre Oberfläche und schleuderte - selbst auseinanderberstend - gewaltige, glühend-schmelzende Felsbrocken ins All hinaus. Die hier verdampfenden Massen verdichteten sich schließlich zu Tröpfchen, welche wiederum zu kleinen Klumpen erstarrten, um sich später zu einem beharrlich anwachsenden Steingebilde zusammenzuballen. Nach etwa 1.000 Jahren war der Mond entstanden. Mißt er heute auch einen stolzen vierten Teil, wiegt er dennoch nur ein schmales Einundachtzigstel unserer heimischen Kugel, was nach wissenschaftlicher Ansicht als ein im Planetensystem einzigartiges Verhältnis gilt.

Der Mond, ein Kind der Erde, das durch einen kosmischen Kraftakt machtvoll zur Geburt gezwungen wurde?

So könnte es gewesen sein.

Interessanterweise lassen sich in diesem Zusammenhang etliche weltweit verstreute Mythen finden, die von einem greifbar nahen Nachbarplaneten erzählen. In Afrika, Tibet und Peru glaubte man von einer fernen Epoche zu wissen, in der "noch kein Mond die Nacht erhellte". Polynesier, Bakairi, Thai, Finnen, Sumerer, Hurrither, Mikronesier, Sibirer und andere, einander zum Teil nie begegnete Völker, gaben ihren Nachkommen Überlieferungen weiter, nach denen ein Gestirn vor Zeiten derartig eng mit der Erde verbunden gewesen sein soll, daß man es mühelos betreten konnte.

"Der Himmel", so behaupten die brasilianischen Bakairi, "lag früher neben der Erde, und man konnte bequem auf diesen hinüber gelangen. Es starben dort aber zu viele Menschen, so siedelte man auf die Erde über, und der Himmel stieg dahin empor, wo er jetzt ist."

Während Finnen von einem Riesenkörper fabulierten, gegen den sich Zeltspitzen und Köpfe aufrechtstehender Menschen rieben, klagten die in China lebenden Thai über eine unbequem niedrige Himmelsdecke, an die Rinder mit ihren Höckern stoßen müßten.

Und der verbreitete, unter verschiedenerlei Variationen auftauchende Mythos vom großen Weltenei, aus dessen zerbrochenen Hälften sich Mond und Erde formten? Auch er erinnert an die neue Aufpralltheorie.

Vielleicht denken Sie jetzt an die Jung'sche These der Archetypen oder an ähnliche Lehren über steinalte Erinnerungen, die, in einem kollektiven Unterbewußtsein schlummernd, gelegentlich in Form von Träumen und Ahnungen aufsteigen, um uns Bilder aus längst versunkenen Zeiten vorzuspiegeln.

Lange vor Jung, nämlich im 17. Jahrhundert, publizierte schon der Philosoph Gottfried Wilhelm Leibniz die Idee, jede Seele berge vermutlich vergangenes, gegenwärtiges plus künftiges Wissen über irdische Welt und Kosmos in sich. Verwandte Theorien, wie etwa die der "Akasha-Chronik" oder des von Fred Hoyle umschriebenen "Supermind", eines höherdimensionalen, ultimaten Bewußtseins, haben ebenfalls ihre Anhänger gefunden.

Mythen, ererbtes, in verdichteter Form von Generation zu Generation weitergegebenes Wissen?

Tatsächlich hat sich der Inhalt so mancher Sage - zuvor geringschätzig bis spöttisch belächelt - im nachhinein als naturwissenschaftlich durchaus möglich erwiesen.

Wie dem auch immer gewesen sein mag, im Laufe der Jahrmilliarden ist es auf dem Mond nicht gemütlicher geworden.

Nun möchte ich Sie keinesfalls mit allgemein bekannten und überall nachlesbaren Daten, Zyklen, Auf- oder Untergangszeiten langweilen. Aber wußten Sie, daß dort oben weil keinerlei Atmosphäre Schallwellen weiterleiten könnte, nicht der leiseste Hauch eines Lautes zu vernehmen ist?

Wußten Sie, daß unsere schöne Nachbarin in einem 30-tägigen Rhythmus entweder von greller Helligkeit oder tiefem Schwarz regiert wird? Auf lauschige Dämmerungen und kühlende Halbschatten werden künftige Mondtouristen verzichten müssen.

Steigen die Thermometer unter gleißender Sonnenglut über 100 Grad Celsius an, verfinstert sich die Landschaft bei Nachteinbruch mit schlagartiger Schnelligkeit, wobei Gestein und Geröll in knappen 60 Minuten auf bis zu 150 Grad minus erkalten.

Ebenso unangenehm dürften die zahlreichen Meteoriteneinschläge sein. Da kein Strahlungsgürtel die Oberflächentemperatur bewahren und herbeischwirrende Teile abwehren könnte, ist Frau Luna allen nahenden Fremdkörpern schutzlos ausgeliefert.

Aber hätten Sie gedacht, daß die gute Alte nach jedem Einschlag über Stunden hinaus wie ein angetippter Pudding nachbebt?

Als jedoch noch gefährlicher gelten die ungeschwächt aufprallenden ultravioletten Strahlen, Röntgenstrahlen und die kaum wahrnehmbaren, von Gasteilen durchzogenen Sonnenwinde, vor denen wir - Mutter Natur sei es gedankt - durch Atmosphäre und Magnetfeld geschützt bleiben. Spätere Weltallbummler werden also allerhand Vorkehrungs- und Sicherheitsmaßnahmen einhalten müssen.

Wollte man das Erde-Mond-Größenverhältnis bildlich darstellen, böte sich der Vergleich zwischen einer blau eingefärbten Haselnuß und dem gelben Glaskopf einer Stecknadel an. Beide, 40 cm voneinander entfernt gehalten, repräsentieren Globus und Trabant im Taschenformat.

Obwohl rund 382.000 km entfernt, wirkt besagter "Stecknadelkopf" immerhin so stark, daß er in Gemeinschaft mit der Sonne die Weltmeere in ständiger Schwingung hält, Ebbe und Flut auslöst, die Luftozeane nebst dem täglichen Erdmagnetindex beeinflußt und sogar ganze Kontinente bis zu 50 cm anhebt.

Waren die meisten Kulturen von einer Mond-Regen-Verknüpfung überzeugt, sprach man ihm in neuerer Zeit derartige Einflüsse ab. Aber wissenschaftliche Erkenntnisse gelten nicht selten als veränderlich, werden verfeinert, erweitert und manchmal auch ganz über den Haufen geworfen. So auch hier. Eine der jüngsten nachlesbaren Versionen lautet: "Der Einfluß des Mondes auf den Niederschlag muß als gesichert gelten", (entnommen der Diplomarbeit des heute beim Seewetteramt Hamburg tätigen Meteorologen Horst Drohia).

Amerikanische und australische Forscher kamen unabhängig voneinander zu dem Ergebnis, daß kurz nach neuem und vollem Mond ein erkennbar vermehrter Niederschlag zu verzeichnen ist, wenngleich solcherlei Beobachtungen erst über einen Zeitraum von vielen hundert Zyklen deutlich werden.

Liegen Erde, Sonne und Mond auf einer geraden Linie, eine Stellung, die alle 18,6 Jahre einmal auftritt, scheint Lunarkraft sogar im, wenn auch noch nicht erkundeten Zusammenhang mit Erdbeben und klimatischen Trockenperioden zu stehen.

Die Amerikaner Kilston und Knopoff analysierten sämtliche zwischen den Jahren 1933 und 1980 registrierten kalifornischen Erdbeben und stellten staunend fest, daß diese tatsächlich verstärkt zu Voll- und Neumond, besonders aber in jenem soeben erwähnten 18,6 Jahres-Rhythmus auftraten.

Andere Kollegen glaubten, einen unleugbaren Zusammenhang zwischen Mondbahn und den Dürreperioden des nordamerikanischen Mittelwestens erkannt zu haben, womit sich das uralte Vorstellungsbild vom Mond als Herrn oder Göttin der Feuchtigkeit rehabilitiert hätte.

Wenn also, schlußfolgerten unsere Vorfahren, bei runder Scheibe am ehesten mit Regenfällen zu rechnen sei, müsse diese Phase demgemäß der günstigste Aussaatzeitpunkt sein. Unabhängig davon riet Sir Francis Bacon im 16. Jahrhundert allen lunarisch-biologisch interessierten Gartenfreunden: "Nimm ein paar Samen oder Wurzeln und pflanze einige davon sofort nach Neumond, die anderen derselben Sorte direkt nach Vollmond ein. Laß sie unter gleichen Bedingungen gedeihen, was Erde und Standort angeht, am besten in Töpfen. Stell die Töpfe dort auf, wo sie vor Regen und Sonne geschützt sind, damit nicht Witterungseinflüsse das Experiment zunichte machen. Dann beobachte, in welchem Zeitraum die bei zunehmenden Mond gesetzen

Pflanzen eine gewisse Höhe erreicht haben und wie sie sich von denen unterscheiden, die bei abnehmenden Mond gesetzt wurden."

Frau Dr. Lily Kolisko vom Biologischen Institut in Stuttgart stellte nach 10-jähriger sorgsamer Beobachtungsarbeit fest, daß Tomaten, Radieschen, Salate, Mais, Kohl und Wirsing am üppigsten und wohlschmeckendsten gediehen, wenn sie exakt 2 Tage vor Vollmond gepflanzt bzw. gesät wurden.

Vielleicht probieren Sie es selbst einmal aus?

Aber das ist noch längst nicht alles. Dr. Harold Saxon Burr von der amerikanischen Yale-Universität, der schon durch vielerlei aufschlußreiche Experimente für internationales Aufsehen sorgte, mochte sich nämlich mit den blanken Resultaten allein nicht zufrieden geben. Er wollte das "Wie" und "Weshalb" aufspüren und begann, die elektrischen Impulse junger, noch im Wuchs befindlicher Bäume zu messen. Das erhöhte Ansteigen dieser Impulse ist stets mit einem Wachstumsschub verbunden. Aus seinen Messungen und Berechnungen kristallisierte sich bald eine deutlich direkte Verbindung zwischen Mondzyklus und Pflanzenwuchs heraus, denn elektrische Strahlung und hiermit verbundenes effektives Wachstum scheinen in Voll- und Neumondphasen am intensivesten zu sein.

Eine ähnliche Entdeckung machte der an der North-Western-Universität in Illinois tätige Prof. Frank A. Brown. Er interessierte sich für Vorgänge pflanzlicher Sauerstoffaufnahme. Könnten diese ebenfalls lunarisch beeinflußt werden? Brown benutzte für seine Experimente von allen Umwelteinflüssen hermetisch abgeschirmte Kartoffeln. Zehn volle Jahre hindurch notierte er nun sämtliche Werte. Sie bestätigten, daß der Sauerstoffverbrauch seiner Knollenfrüchte mit verläßlicher Wiederkehr vor dem vollen Mond am stärksten, kurz nach Neumond jedoch am geringsten war, wobei sich tägliche, durch Auf- bzw. Untergänge verursachte Schwankungen registrieren ließen. Selbst dickste Kellerwände scheinen Pflanzen nicht von ihrem mondorientierten Rhythmus abzuhalten.

Auch deutsche Wissenschaftler beschäftigen sich mit solcherlei Zusammenhängen. Im süddeutschen Gars können interessierte Bürger ein möglicherweise zukunftweisendes Waldprojekt mit sogenannten "Planetenbäumen" besichtigen.

Lassen Sie mich kurz von den Forschungsergebnissen des Hofes Grub berichten, weil man hier glaubt, eine noch feinere, aber nicht minder interessante Nuance entdeckt zu haben. Jede Baumart - so die Theorie - stehe in Beziehung zu einem bestimmten Planeten. Ahorn und Jupiter, Esche und Sonne, Ulme und Merkur, Eiche und Mars,

Tanne und Saturn wie auch Kirschbaum und Mond sollen sich besonders mögen. Befindet sich nun einer dieser Himmelskörper in Oppositions- oder Konjunktionsstellung zum Mond, werde durch diesen möglicherweise nicht nur das Sonnenlicht, sondern fernerhin betreffendes Sternenlicht widergespiegelt. Deshalb pflanzte Herr Martin Schmidt, der seit 1947 die Forschungs- und Zuchtarbeit auf Hof Grub betreute, jede Baumsorte stets gemäß der Mondlichtwidergabe ihres Lieblingsplaneten an - Eichen zum Beispiel dann, wenn der Mars just im Zeichen des Mondes weilte - und wähnte bald, auffallend positive Zusammenhänge registrieren zu können: verbesserte Keimfähigkeit, kräftigere Wurzelbildung, längerer Stammwuchs, üppigere Kronenausbreitung und vermehrte Widerstandskraft gegen Schädlinge, Pilzbefall und Frosteinflüsse.

Wieviele erd-kosmische Verbindungen und Verknüpfungen mag es in Wirklichkeit geben?

Wieviele Zusammenhänge, die zu kennen zwar interessant, aber finanziell nicht gewinnbringend sind, mögen bisher vernachlässigt worden sein?

Wenn die schöne, zu voller Pracht entfaltete Selene Kartoffeln intensiver "atmen" und Pflanzen besser gedeihen läßt, muß ihre Existenz auf andere Lebewesen gleichfalls wirken.

In der Tat sind der Zoologie etliche Parallelen zwischen Mondrhythmus und tierischen Verhaltensmustern bekannt.

Schlagendste Beweise stellen die unter Feinschmeckern so begehrten Austern dar. Ist Ihnen bekannt, daß diese täglich bis zu 65 Liter Wasser filtern und dabei gute 72 Millionen Kleinstorganismen verzehren können?

Lange Zeit hindurch hielt man das synchron zu Ebbe und Flut verlaufende Öffnen und Schließen ihrer Schalen für gezeitengesteuert. Doch der bereits erwähnte Dr. Brown, durch die lunare Abhängigkeit seiner laborgezogenen Kartoffelknollen stutzig geworden, mochte diese Erklärung nicht mehr gelten lassen. Er schaffte 15 prächtige Austernexemplare von der Küste Connecticuts ins immerhin 1.600 km weit entfernte Evanston und setzte sie in isolierte, unter gleichbleibende Licht-, Druck- und Temperaturverhältnisse gehaltene Glasgefäße. Und was geschah?

Knapp zwei Wochen behielten die Muscheltiere ihren alten Rhythmus bei, dann aber hatten sie sich allesamt korrekt dem Mondtakt ihrer neuen Heimat angepaßt, womit sein Einfluß auch hier inmitten des Festlandes als eindeutig gesichert anerkannt werden muß.

Ähnlich verhalten sich Fiedelkrebse und andere Gattungen wie Seesterne, Venusmuscheln, Schnecken, Würmer und viele Fischsorten. Zur Zeit sind der Wissenschaft insgesamt 120 lunargesteuerte Tierarten bekannt. Sie scheinen eine "Innere Monduhr" zu besitzen, die ihnen zuverlässig signalisiert, an welchem Tag, ja, zu welcher Stunde sie sich versammeln, nähren, verstecken oder vermehren müssen.

Ein anderes bekanntes, in der Fachliteratur oft zitiertes Beispiel verkörpern die Palolos des Südpazifiks, kleine, ca. 10 cm lange Würmer, die versteckt zwischen unzähligen Felsen und Riffen des Meeresbodens leben. Aber einmal jährlich - nämlich 7 bis 9 Tage vor dem vollen Mond im Oktober oder November - tauchen sie millionenweise empor, um sich zu teilen und Eier und Sperma in die See zu ejakulieren.

Ähnlich hält es der indonesische Wawo-Wurm, der die zweiten und dritten Nächte der März- und Aprilvollmonde bevorzugt, während sich der japanische Bachi-Palolo nur nach Voll- und Neumonden im Oktober und November auf ein Paarungsritual einläßt - zur Freude aller Fischer, die das unbeirrbare Erscheinen dieser köstlichen, sonst so verborgenen Meeresdelikatessen wohl zu schätzen wissen.

Und auch diese Phänomene finden unter freiem Himmel ebenso wie in dunklen, unterirdisch gehaltenen Wassertanks statt.

Mond, oh Mutter Mond ...

Ihre wohlmeinend-allumfassende Stimulanz erfüllt jedoch noch einen weiteren wichtigen Zweck: Würden nicht alle Männchen und Weibchen gemeinsam zu einem kollektiven Höhepunkt angeregt, hätten Sperma und Eier in der unendlichen Wasserflutenfülle kaum eine Chance zusammenzufinden.

Apropos Sexualität.

Haben Sie bemerkt, daß in Vollmondnächten wesentlich weniger Mücken als üblich herumschwirren? Zumindest ist dies eine von Insektenforschern festgestellte Tatsache, die dem vertrauten Brauch unserer Vorfahren, zu diesem Zeitpunkt fröhliche Feste zu feiern, nur recht sein mochte. Nun, vielleicht haben die kleinen, mitunter so lästigen Summer in lichtlauen Nächten etwas viel besseres vor?

Am afrikanischen Victoriasee tätige Naturbeobachter glauben, daß die volle Luna zumindest den Fortpflanzungstrieb der hier beheimateten Eintagsfliege anregt.

Der uns schon gut bekannte Dr. Brown beobachtete über eine 2-Jahres-Spanne hinaus gefangen gehaltene Hamster, Mäuse und Ratten, die sich zur Vollmondzeit auffallend überaktiv verhielten und ihre offensichtlich erweiterte Empfindsamkeit durch vermehrtes Laufen und Klettern zum Ausdruck bringen mußten.

Henry Havelock berichtete in seinem Werk "The Psychology of Sex" von Untersuchungen, nach denen bestimmte Primaten bei Vollmond nachweislich erhöhten Blutdruck und gesteigerte sexuelle Lustsymptome aufwiesen.

Und ... und ... und ...

Selbst die für ihre Dickhäutigkeit bekannten Elefanten scheinen einen eigenen Kult zu praktizieren. Hat sich die Mondin gerundet - so las ich in einer alten Schrift - pflegen sie mit ihren Rüsseln Baumzweige abzureißen, die sie, zum Himmel aufschauend, zärtlich hin- und herschwenken. Fast alle Arten fühlen sich bemüßigt, ohrenbetäubende Trompetensalven auszustoßen. Auf das verschreckte "Warum" Alexander von Humboldts soll ein betagter Indianer lächelnd geantwortet haben: "Die Tiere freuen sich an der schönen Mondhelle und feiern den Vollmond."

Vollmond feiern. Warum eigentlich nicht?

Wenigstens aber sollten wir ihm mehr Beachtung zollen, denn sein Einfluß auf unsere Spezies ist, wie wir gesehen haben, nicht zu unterschätzen.

Lassen Sie mich nun berichten, was ich zum Thema "Menschlicher Organismus und Mond" weiter recherchiert habe.

Von Krisen und verstärkten Blutungen, die nach chirurgischen Eingriffen an Voll- und Neumondtagen deutlich vermehrt aufzutreten scheinen, haben wir schon im vorigen Kapitel gehört. Noch sind es nur einzelne Berichte, die auf weitere ähnliche Phänomene aufmerksam machen.

Drei Beispiele: Der Heilpraktiker Peter Mandel aus Bruchsal glaubt eine erkennbare Verbindung zwischen Luna und Neurodermitis erkannt zu haben. "Mercur solubile", ein homöopathisches Mittel, das Kindern ausschließlich in Vollmondphasen zur Einnahme gegeben wurde, habe die lästige Hautkrankheit in etlichen Fällen vertrieben, während dasselbe Mittel anderen Patienten zur üblichen Zeit verabreicht, keinerlei Besserung brachte.

Der Berliner Arzt Dr. Hilmar Heckert ist überzeugt, daß die Menge des menschlichen Harnsäuregehaltes, die Fähigkeit des Farbensehens und das Auftreten epileptischer Anfälle durchaus lunar-abhängig sein könnten. Mit letztgenannter Vermutung steht Dr. Heckert nicht allein. 1977 ließ sich in einer russischen Fachzeitschrift von epileptischen Anfällen lesen, die bei Voll- und Neumond 1,5 mal so wahrscheinlich wie zu anderen Zeiten vorkommem sollen. Der Artikel endete mit dem eindringlichen Appell, wissenschaftliches Augenmerk künftig vermehrt auf mögliche Magnetfelder-Gehirn-Zusammenhänge zu richten.

Noch eindeutiger wirkt Luna auf weibliche Körper. In uns scheint gleichfalls die "Innere Monduhr" der Wassertiere zu ticken. Nach diversen Statistiken erwarten überdurchschnittlich viele Frauen nach einem 29,8 Tage-Rhythmus im Voll- oder Neulicht ihre Periode, wie überdurchschnittlich viele Babies, in der Regel nach 9 präzisen Mond-Monaten, in einer dieser beiden Phasen geboren werden. Lassen Sie mich jedoch korrekterweise erwähnen, daß es auch andere, gegenteilig scheinende Beobachtungsergebnisse gibt.

Wer hat Recht? Manches spricht für Selene.

Wußten Sie, daß jede Frau den eigenen Menstruationszyklus theoretisch selbst steuern könnte? Matriarchatsforscher vermuten, daß die Damenwelt jener Kulturen, die von nächtlicher Silberflut umflort im Freien zu schlafen pflegten, fruchtbare Tage und Blutungen gemeinsam erlebten. Mondschein vermag nämlich, wie jede andere indirekte Beleuchtung, den Eisprung physiologisch zu stimulieren. Die Amerikanerin Louise Lacey wertete in ihrem Buch "Lunaception" diese Tatsache aus und machte sie unter ihren Geschlechtsgenossinnen populär: Der weibliche Zyklus kann durch eine dezent stromerhellte Lampe, die frau ein paar Monate hindurch im heimischen Schlafzimmer brennen läßt, mit Mondins Zyklus synchronisiert werden, wobei sich die Mensis bald auf die Neumondzeit einpendeln wird. Wer nun gewissenhafte Tabellen führt, vermag die Tage der eigenen Fruchtbarkeit exakt zu errechnen.

Doch nicht genug damit. Geradezu sensationell finde ich die von dem tschechischen Psychologen Dr. med. Eugen Jonas wiederentdeckte, vermutlich schon im alten Babylon und Assyrien praktizierte Kosmobiologische Geburtenkontrolle, die dem bisherigen Dogma der Eisprungtheorie beweiskräftig entgegentritt. Dr. Jonas errechnete, daß jede Frau neben ihrem spürbaren Menstruationsrhythmus noch einen zweiten, unsichtbaren Zyklus durchlebt.

Dieser richtet sich nach der zum Zeitpunkt ihrer Geburt vorherrschenden Mondphase und bleibt ein Leben hindurch konstant. Vor allem aber beschert jene allmonatlich wiederkehrende Luna-Stellung die optimalen Tage einer Empfängnisbereitschaft, die nun je nach Wunsch für oder gegen eine Schwangerschaft genutzt werden können. Mehr noch soll mittels dieser Methode sogar möglich sein, das Geschlecht des Wunschkindes im voraus zu bestimmen. Dr. Jonas gelang es anhand zahlloser Untersuchungen, selbst seine ungläubigsten Widersacher zu überzeugen, daß der Mondstand zur Stunde des Beischlafes in den Sternzeichen Widder, Zwilling, Löwe, Waage, Schütze oder Wassermann mit einer nahezu 98 %-igen Wahrscheinlichkeit für männlichen Nachwuchs sorgt, während in anderen Tierkreiszeichen gezeugte Babies weiblich werden.

Weder schulweisheitliche Überheblichkeit, noch Ironie, noch sonstige Zweifel können Mondins Macht über Fruchtbarkeit und Geburt mindern. Wir dürfen die religiösen Ideen und Überlieferungen unserer Voreltern ernst nehmen - sie wußten, was sie glaubten.

Vor allem aber nötigen mir solche Erkenntnisse einen völlig neuen Respekt vor der Astrologie ab; wenn Mond und Sterne tatsächlich derart entscheidend auf unser Werden und Wachsen wirken, habe ich nicht mehr den Mut, ähnliche Einflüsse auf Leben und Schicksal anzuzweifeln.

Dr. Jonas fand breite internationale Anerkennung. 30.000 Berechnungen konnten eine Erfolgsquote von 98 % bis 100 % aufweisen, womit die Kosmobiologische Geburtenkontrolle im statistischen Sicherheitsbereich der Antibaby-Pille liegt. Ausführliche Informationen und leicht zu handhabende Anwendungstabellen zum eigenen Gebrauch finden Sie in dem Buch "Kosmobiologische Geburtenkontrolle" von Shalila Sharamon und Bodo J. Baginski

Was raunte man doch im alten Indien? "Das Blut des Menschen gehorcht dem Mond." Wie aber steht es mit der Psyche?

Gehören auch Sie zu jenen Menschen, die bei Vollmond kaum einschlafen können? Dann dürfen Sie Ihre Empfindsamkeit als eine noch recht harmlose Begleiterscheinung betrachten, denn manchen Zeitgenossen soll er weitaus schlimmer zu schaffen machen, wenn nicht gar gefährlich werden. Mord sei ein schwerer Irrtum des Mondes, schrieb einst Shakespeare, "... da er sich der Erde mehr als wünschenswert nähert und die Leute verrückt macht".

Auch einige Psychologen unserer Zeit glauben, daß sein Nahen gewisse latente negative Anlagen verstärken und zum Ausbrechen bringen könne. Psychiatrische Notdienste, Polizei- und Feuerwehrstationen wissen rund um den Globus ein Lied davon zu singen. "Wir merken es oft schon in der letzten zunehmenden Mondphase", bestätigte Hauptbrandmeister Hermann Müsken von der Kölner Berufsfeuerwehr, der bei fast jedem Vollmond einen spürbaren Arbeitszuwachs bewältigen muß, um depressive und selbstmordgefährdete Mitbürger vor dem Schlimmsten zu bewahren.

Dabei sind Beobachtungen über Alkohol- und Drogenabhängige, über Kleptomanen, über labile und zu Gewalttätigkeit neigende Menschen, die unter rundender Sichel leichter als sonst rückfällig werden, seit langem bekannt. Schwestern und Pfleger der früheren "Irrenhäuser" fürchteten jene lichthellen Nächte, weshalb es im Bethlehem Hospital der Vereinigten Staaten noch bis in das Jahr 1908 hinein üblich gewesen sein soll, Kranke vorsorglich zu verhauen, um einer etwaig aufkommenden "Mondaggressivität" vorzubeugen.

Die vermutlich ersten konkreten Beweise für derartige Phänomene erbrachten die Psychologen Dr. A. Lieber und Dr. C. R. Sherin aus Miami in Florida. Sie errechneten die lunaren Momente von rund 1800 Mordfällen aus einer 15-jährigen Zeitspanne: Unter runder Selene geschahen wesentlich mehr Bluttaten, nämlich durchschnittlich 80, während in den übrigen Mondphasen "nur" circa 63 Morde begangen wurden. Das ist auffällig, nicht wahr? 1972 erschien der Lieber'sche Bericht im "American Journal of Psychiatry" und löste heiße Diskussionen in der Fachwelt aus. Vier Jahre später erschien das Ergebnis einer ebenso interessanten Untersuchung, die von zwei Psychologinnen, Dr. Jodi Tasso und Dr. Elizabeth Miller aus Cincinnati in Ohio, geleitet wurde. Die Frauen interessierten sich für alle Strafakten ihrer Heimatstadt. Sie konnten staunenden Kollegen gleichfalls eindeutig belegen, daß sich die gesamte Palette möglicher Freveltaten in der Vollmondzeit sichtbar häufiger als sonst abzuspielen pflegte.

Ähnliche Ergebnisse kamen außer in den USA auch in Australien und Kanada zutage.

Mond scheint aufs Gemüt zu schlagen. Nun mag manches Verbrechen deshalb geschehen sein, weil Menschen, vom hellen Schein Lunas am Schlafen gehindert, einen Nachtspaziergang unternahmen, womit sich die Möglichkeit, Opfer eines Gewaltaktes zu werden, theoretisch erhöhte. Sicherlich mag auch mancher latente, seines notwendigen Schlafes beraubter Kranke nervöser, aggressiver und somit für verborgene Schwächen anfälliger geworden sein. Und dennoch glaube ich, diese Faktoren allein sind nicht ausreichend. Lassen Sie uns also noch ein Weilchen bei der Wissenschaft und ihren diversen Erklärungsversuchen bleiben.

Seit alters her glaubte man eine mondische Verbindung mit menschlichen Körpersäften zu erkennen, die von der offiziellen Ärzteschaft noch bis in das 18. Jahrhundert hinein in Blut, Schleim, Galle und Lebergalle untergliedert wurden. Es hieß, diese seien zugleich für vier klassische, bereits von Hippokrates definierte Grundtemperamente verantwortlich: dem sanguinisch-lebhaft-hitzköpfigen, dem phlegmatisch-trägen, dem cholerisch-reizbar-impulsiven und dem melancholisch-depressiv-pessimistischem Wesenstyp. Wie Mondin aber irdische Wassermassen durch Ebbe und Flut in Bewegung halte - so die Logik unserer Väter - manipuliere und regiere sie auch den Fluß unserer Körperflüssigkeiten. Der in diesem Buch schon mehrmals erwähnte Paracelsus lastete der guten Luna gleichfalls diverse körperliche und seelische Mißstimmigkeiten an: Sie habe, besonders im voll-runden Zustand, ähnlich einem Eisenmagnet die Macht, Körper- und Gehirnsäfte anzuziehen und den inneren Menschen in Unordnung zu bringen; wogegen Neumond glücklicherweise nur die "feinen Säfte" bewege. Geisteskranke, "deren Leiden vom Mond kommt", benannte Paracelsus "lunatici".

Heute wissen wir, daß die Alten mit jenen sogenannten Körpersäften nichts anderes als Hormone meinten, von denen ein winziger Anteil zu wenig oder zuviel tatsächlich verheerende Verwirrungen auslösen kann.

Wäre es denkbar, daß unser Gefühlsleben, in kaum meßbarer Form den Mondgezeiten ausgesetzt ist?

"Diese Überlegung bot Anlaß zu allerlei Spekulationen um 'biologische Gezeiten'. Doch der Effekt ist verschwindend gering: die 'Wasseransammlung Mensch' deformiert sich unter der Flutwirkung um nicht mehr als ein Millionstel Promille; noch um etliche Größenordnungen kleiner ist der Effekt, dem die einzelnen Körperzellen ausgesetzt sind.", ließ sich im Dezemberheft der Zeitschrift "GEO" 1984 nachlesen.

Nichtsdestotrotz häufen sich Entdeckungen und Mutmaßungen, die selbst den strengsten Skeptiker zumindest nachdenklich stimmen müßten. Professor G. Piccardi, der das Institut für Physikalische Chemie an der Universität von Florenz leitete, stieß vor wenigen Jahren auf ein geradezu sensationelles Phänomen: Wenn chemische Experimente unter absolut gleichen Bedingungen mehrmals täglich wiederholt werden, verlaufen die Reaktionen niemals mit derselben Geschwindigkeit, es sei denn, die Reagenzgläser werden durch dicke Metallwände von der Umwelt abgeschirmt. Was könnte die Ursache dieser Differenzen sein?

Jahrelang experimentierte Piccardi hin und her. Er schloß seine Studien schließlich mit der Erkenntnis ab, daß nur außerirdische Einflüsse, wie Sonnentätigkeit, Mondphasen und möglicherweise auch Wirkkraft-Spuren der uns nahestehendsten Planeten die gesuchten Auslöser sein können.

Der englische Anthropologe Lyall Watson erklärte in seinem Buch "Lebensgezeiten" folgendes:

"Jeder von uns ist ein wandelndes Museum. Die Flüssigkeit in unserem Körper ist ein vollkommenes Abbild des Meeres in uralter Zeit. Die Konzentration von Natrium, Kalium und Chlorid in unserm Blut, von Kobalt, Magnesium und Zink in unserem Zellgewebe, ist die gleiche wie einst im Urmeer.

Wir tragen noch immer diesen Ozean mit uns herum, er ist in uns gefangen wie ein lebendes Fossil. Und in jedem dieser kleinen Binnenmeere spielen sich die gleichen uralten Kämpfe ab wie vor 3 Milliarden Jahren."

Und weiter:

"Die Metalle, die sich als Spurenelemente in unserem Organismus finden, sind, wie es aussieht, bei Sternexplosionen lange vor der Geburt unserer Sonne entstanden. Sie waren Bestandteile der metallreichen Staub- und Gasmassen, aus denen dann unser Sonnensystem und schließlich auch das Menschengeschlecht hervorgegangen sind."

Eine in diesem Zusammenhang ebenfalls aufschlußreiche Erkenntnis gewannen Daniel Greenberger und Albert Overhauser, zwei Physiker, die an der City-Universität in New York arbeiten. Sie wiesen nach, daß sich selbst minimalste Gravitationsschwankungen in der Materie widerspiegeln. Allein das zentimeterweise Anheben des - die Meßgenauigkeit prüfenden - Justierhorizontes ihrer Geräte, ließ Neutronen schwerer oder leichter werden. Die Physiker glauben, diesen Sachverhalt auf alle lebenden Zellen übertragen zu dürfen.

Wir erkennen eine geheimnisvolle Wechselwirkung zwischen Mikro- und Makrokosmos. Wir beginnen zu ahnen, daß unser Körper viel feinsinniger und empfindsamer auf kosmische Einwirkungen reagiert, als man es ihm bis vor kurzem noch zugestehen wollte.

Es gibt weitere Erwägungen über mögliche Mondeinflüsse. Eine Theorie besagt, Lunas Nähe könne auf das Magnetfeld der Erde einwirken.

Die Erforschung menschlicher Sensivität auf schwach-elektromagnetische Felder ist wissenschaftliches Neuland. Man weiß, daß sich Erdmagnetismus unter anderem durch verstärkte Sonnenaktivität und Vollmond zu steigern pflegt. Relativ unbekannt ist die Entdeckung japanischer Wissenschaftler, die ein zum anwachsenden Erdmagnetismus paralles Absinken der Leukozyten nachwiesen, weißer Blutkörperchen, die wichtige Abwehraufgaben gegen angreifende Infektionen zu erfüllen haben.

Selene hätte folglich die Macht, unsere Widerstandskraft zu schwächen. Geraten deshalb etliche Zeitgenossen in zügellose Aggressivität? Könnte die mondische Unruhe der Geisteskranken auf erhöhte elektrische Gehirnimpulse zurückzuführen sein, die sich synchron zum Anwachsen des geomagnetischen Feldes einstellen?

Dr. Arnold Lieber ist von dieser Möglichkeit wie von der Wasseranziehungstheorie überzeugt. In seinem Buch "The Lunar Effect" schrieb er:

"Wenn kosmische Zyklen zusammentreffen wie 1974, als der Meeresspiegel extrem anstieg, wird der menschliche Organismus plötzlich einem massiven Bombardement durch elektromagnetische Kräfte ausgesetzt. Der Angriff verlagert auf verhängnisvolle Weise das Gleichgewicht zwischen unserer Innen- und der Außenwelt. So kann das Nervensystem in Aufruhr geraten, weil die Reizschwellen sich ändern. In verschiedenen Körperteilen kommt es zu Wasseransammlungen oder -defiziten."

Der Neurologe Dr. Leonard Ravitz, Duke Universität North Carolina, konnte ebenfalls veränderte, anscheinend den Mondzyklen angepaßte Hirnfrequenzen seiner Patienten belegen. Bei Voll- und Neumond scheinen Gehirne die höchste elektrische Spannung abzugeben.

Doch keine Angst! Stabil-gesunde Menschen spüren diese Einflüsse kaum. Selbst die naheste, prächtigste Luna vermag niemals unsere Sinne oder gar Selbstkontrolle zu rauben.

Die dritte Theorie stützt sich auf eine möglicherweise durch Mondin hervorgerufene erhöhte Konzentration positiver Ionen. Das sind milliardenfach umherschwirrende, elektrisch geladene Atome oder Moleküle, die unsere Luft in Neu- und Vollmondphasen wesentlich intensiver als an anderen Tagen durchfluten sollen. Während negative, durch Elektronenaufnahme angereicherte Ionen als die agilen Muntermacher der Natur gelten, machen sich allzuviel positive, infolge von Abspaltung locker gebundene Teilchen, durch vorzeitige Erschöpfung, unbegründete Ängstlichkeit und Depressivität bemerkbar.

Sehr wahrscheinlich haben Sie selbst diesen Unterschied schon einmal während eines Gewitters gespürt: Menschen und Tiere fühlen sich in der drückenden Schwüle müde und matt, denn die Atmosphäre ist wie ein praller Schwamm von einer Überzahl positiver Ionen durchtränkt. Dann aber - nach der befreienden Entladung - atmet die Natur auf. Nicht nur Wiesen, Wald und Felder, auch die Luft scheint sich buchstäblich verjüngt zu haben; kein Wunder, werden doch Gewitterenden zumeist von Negativ-Molekülheerscharen begleitet. Könnten die berühmten "Vollmondkoller" also durch einen Überschuß positiver Ionen verursacht werden?

Wie dem auch sei, Mutter Natur hat jedenfalls für einen wohlmeinenden Ausgleich gesorgt.

Lassen Sie mich abschließend noch die hoffnungsvollen Forschungsergebnisse Prof. Harry D. Rounds von der State Universität in Wichita erwähnen.

Während zahlreicher Blutanalysen spürte er ein bisher noch nicht identifiziertes, völlig unbekanntes Agens auf, das das menschliche Herzschlagtempo offensichtlich zu erhöhen vermag. Rounds benannte den neuen Blutstoff schlicht und einfach "Lebenskraft". Sicher aber wird es dem guten Professor zunächst die Sprache verschlagen haben, als er gewahrte, daß besagter Lebenskraftgehalt des Blutes stets pünktlich zu allen Neu- und Vollmonden anstieg.

Warten wir ab, was künftige wissenschaftliche Erkenntnisse noch offenbaren werden. Ohne Zweifel steuern wir großen Aha-Erlebnissen entgegen. Es gibt eine Mondmacht, obwohl nicht alle Menschen gleichermaßen auf sie reagieren, wie auch nicht jeder Kopfschmerzen vom Föhn oder verbrannte Haut nach einem Sonnenbad bekommt. Wer jedoch wissen möchte, wie es mit der eigenen Luna-Sensibilität bestellt ist, wird den Himmel und sich selbst beobachten müssen.

Machen Sie es sich für einen längeren Zeitraum zur Gewohnheit, Phasen Ihrer persönlichen Spitzenleistungen ebenso wie alle Tage, an denen Sie besonders niedergeschlagen, unruhig und negativ-reizbar sind, zu notieren. Vergleichen Sie diese Werte später mit vergangenen Mondphasen, die aus fast jedem Taschenkalender ersichtlich werden. Kristallisiert sich ein Rhythmus heraus? Häufen sich bei Voll- oder Neumondstand besondere Auffälligkeiten?

Ich kenne Künstler und Freiberufler, die ihre monatliche Arbeitseinteilung so exakt wie möglich nach individuellen kosmischen Erfahrungen ausrichten und auf diese Methode schwören.

Vielleicht wäre das auch etwas für Sie?

Mondscheinbaden klärt die Seele - ein uralter Pfad neu entdeckt

Tag und Tag hörten sie nur Zahlen,
hörten sie nur um sich zählen
15, 700, 4000, 1, 1, 5681, 15, 7, 1, 2, 3 ...
Sie sahen vor Zahlen und Zählen
den Mond nicht mehr
und konnten nicht mehr träumen.
Sie lebten fortan in völliger Traumlosigkeit,
hüteten aber ehrfurchtsvoll
ihr Silber in Käfigen aus totem Gold.
Sie stierten es an
und entsannen sich nie mehr,
daß es lebendes Mondsilber war.
Hans Arp, aus "MONDSAND"

In ihrem Buch "Mond Mond" empfiehlt die Autorin Anne Kent Rush, Tage seiner dunklen Etappen für Ruhe, Meditation und innere Einkehr zu nutzen, während Vollmondphasen für schöpferische geistige und seelische Aktivitäten am besten geeignet seien. Die Zwischenzeiten sollten vorbereitenden Handlungen gehören. Doch billigen derzeitige Arbeitsplätze den wenigsten Menschen solcherlei Spielräume zu. Mondbeachtung ist "nicht mehr" und vielleicht auch "noch nicht wieder" aktuell.

Ich habe mich umgesehen, um herauszufinden, ob und wo sich bis heute erhaltene Überbleibsel von Mondbeachtung in Kulturen der Völker aufspüren lassen. Interessanterweise scheint Luna in relativ naturnahen und nicht christianisierten Kulturen noch die meiste Verehrung zu genießen.

Hier ein paar Beispiele: Das Zeitverständnis der afrikanischen Landbevölkerung orientiert sich nach wie vor an ihren Zeichen. Bei dem in Äthiopien beheimateten Mänsa-Stamm ist es üblich, die frischgeborene Sichel zu begrüßen und jeden auf das freudige Ereignis hinzuweisen. Man winkt und ruft ihr "Arro" oder "Helal" zu, was soviel wie "Mögen wir gesegnet sein" bedeutet. Mänsa-Frauen nutzen Neumondphasen, um Wohltaten für sich, ihre Männer und Kinder zu erbitten. Nach rituellen Anrufungen pflegen sie Salz ins Feuer zu streuen: gleich den Körnern mögen auch alle neidischen Feinde zischend zerplatzen.

Kleine, emsig Gras pflückende Buben und Mädchen überreichen nach treu überlieferter Sitte jedem Nachbarn zwei junge Stengel mit den Worten "Nehmt, der Mond geht auf." Aber auch Männer mögen seinen Schutz nicht missen. In Gebetsgruppen versammelt, trägt jedes Stammesglied einen geschlungenen Halm um den Kopf, an dem ein weiterer Stiel, vor der Stirn befestigt, gleich einer Antenne in die Mondrichtung weist. Nun strecken die Betenden abwechselnd einen Arm aus, wobei die offene Handfläche gegen das Nachtlicht gewendet wird.

Indonesien: Auf Bali genießt unsere Nachbarin derart hohe Wertschätzung, daß etliche Regierungsbeamte ernsthafte Überlegungen hegten, die diplomatischen Beziehungen zu den Vereinigten Staaten abzubrechen, als diese sich 1969 "erdreisteten, ihre Heiligkeit zu betreten".

Nyepi, das balinesische Neujahrsfest, fällt stets auf den Neumond des 9. Monats und gilt als ein Tag besinnlichen Fastens, an dem jeglicher Straßenverkehr verboten ist. Im Vollmond des Mai finden festliche, prächtig-bunte Prozessionen zum "Waicak", dem Geburtstag Buddhas, statt.

Eine vielbestaunte Sehenswürdigkeit ist der legendäre "Mond von Pejeng", die größte aus einem Stück gegossene Bronzetrommel der Welt. Ihr raunt man nach, sie sei vor undenklichen Zeiten als ein Teil des Ohrgeschmeides der Mondgöttin Dewi Ratih vom Himmel gefallen und mit reichen übernatürlichen Kräften ausgestattet.

Japanische Mondmeditationen: In August- und Septembernächten bereitet man - zumindest auf dem Lande - sogenannte "Mondbetrachtungsklöße" zu, die bei seinem glänzend-runden Anblick andächtig verzehrt werden.

Ähnliche Bräuche existieren in China: Eine der drei großen chinesischen Hauptjahresfeiern findet zum vollen Licht der Herbst-Tagundnachtgleiche statt, ein der Göttin Heng-O, Shing-Moo oder Hengugo geweihtes Fest, an dem ausschließlich Frauen und Kinder teilnehmen. Nun gibt es an jeder Straßenecke kleine weiße Hasen und behelmte Soldatenfiguren mit Hasengesichtern zu kaufen, denen später allerlei Obst, Früchte und Blumen geopfert werden. Bunte, überlebensgroße Pappwände lassen sich bewundern. Sie zeigen einen stolzen Palast, hinter dessen Mauern ein langohriges Musterexemplar just die begehrte Droge der Unsterblichkeit mixt. Erinnern Sie sich?

Lunas bekanntestes und beliebtestes Symbol - Meister Lampe. Sobald die schimmernde Goldscheibe aber über den Hausgiebeln erscheint, beginnen die Hauptzeremonien. Den Darstellungen werden nun Früchte und süße, runde, eigens zu diesem Zweck gebackene Kuchen geopfert. "Liebe alles im Universum, denn Sonne, Mond und Erde sind ein Körper", lautet ein altchinesisches, in solchen Nächten oft und gern zitiertes Sprichwort. Darüber hinaus symbolisiert Mond Glück und Versöhnung.

"Saudi Arabien und Bahrain haben bekanntgegeben, daß im Gegensatz zu den Berechnungen von Astronomen die Neumondsichel sichtbar geworden und damit der für Moslems heilige Fastenmonat Ramadan eingeleitet worden sei. Etwa eine Milliarde Moslems dürfen einen Monat lang zwischen Sonnenaufgang und Sonnenuntergang nicht essen, trinken, rauchen oder Geschlechtsverkehr haben", lautete eine dpa-Meldung.

Viele Völker des Nahen und des Fernen Ostens richten sich heute gleich ihren Vorfahren nach Mondkalendern, deren erste Anfänge vermutlich dem 3. Jahrtausend vor Christus aus Babylon entstammen. Diverse lunare Berechnungsarten werden praktiziert. Mohammed erklärte die seine, nach der jeder junge Monat und jedes neue Jahr obligatorisch mit dem Neulicht zu beginnen habe, als die für gläubige Moslems einzig verbindliche.

Was den Christen das Kreuz, bedeutet den islamischen Völkern der Mond. Hier, wo Frauen so bescheiden im Hintergrund stehen, zählt Mondin, das ursprüngliche Zeichen aller Weiblichkeit, als religiöses Statussymbol, das, wenn wir alttürkischen Überlieferungen Glauben schenken dürfen, einst dem Diana-Kult entsprungen sein soll.

In einer Nacht des Jahres 339 vor Christus versuchte Philipp der Zweite von Makedonien die Stadt Byzanz zu erobern. Als seine Soldaten jedoch heimlich die Festungsmauern erklimmen wollten, trat eine strahlendhelle Sichel zwischen den Wolken hervor. Sie half den Byzantinern, die feindlichen Widersacher zu entdecken und niederzuschlagen. Zum Dank errichtete das Volk der Diana ein prächtiges Denkmal und ernannte zu ihrer Ehre und Erinnerung den Halbmond zum Wahrzeichen der Stadt. Seit dem 15. Jahrhundert türkisches Hoheitsemblem, gilt er nun allen islamischen Ländern als Glücks- und Einigkeitssymbol.

Und wie steht es bei uns?

Wußten Sie, daß der Name unseres Kontinentes vermutlich der griechischen Mondgöttin Europa entliehen und soviel wie "Weißes Gesicht" bedeutet? Daß Begriffe wie Selenographie, die Beschreibung der physikalischen Mondoberflächenstruktur, oder Selenologie, die allgemeine Lehre der Mondbeschaffenheit, vom Namen der uns schon gut bekannten Selene, der großen himmlischen Geburtshelferin abgeleitet wurden? Weitere blasse Erinnerungen finden sich im alltäglichen Sprachgebrauch wieder, denken wir nur an unseren "Mond-Tag". Wirres oder albernes, luna-phasenabhängiges Verhalten bezeichnet der deutsche Volksmund als 'mondsüchtig'.

Besonders der englische Wortschatz kennt Wörter wie: moonshine gleich Unsinn, moonish gleich launisch, mooning, was geistesabwesendes Umherwandeln meint, oder lunacy, was zu deutsch übersetzt gar Wahnsinn heißt.

Ähnlich verhält es sich im französischen Vokabular.

Das mutet weniger wohlwollend an, nicht wahr? Mit großer Wahrscheinlichkeit entspringen diese Begriffe jenen angeblich so verrucht-ausschweifenden Mondscheinorgien heidnischer Zeiten, die von Vertretern des "rechten Glaubens" mit einem negativen Touch versehen wurden, um der Allgemeinheit die seelenschädigende Gefährlichkeit der ganzen Mondguckerei zu suggerieren.

Genug der Beispiele. Wir sehen, in Europa scheint gegenwärtiger Mondkult wesentlich magerer als in anderen Erdteilen auszufallen - es sei denn, wir suchen ihn im Abseits des Christentums, im heute noch existierenden, geradezu wieder neu aufblühenden Hexenwesen.

Hier scheint er eine nach wie vor unverhohlen herausragende Rolle zu spielen, denn Mondin verkörpert ihren Anhängerinnen den Inbegriff aller weiblichen Energien.

Moderne feministische Astrologinnen, von denen sich etliche aus Solidarität zu ihren verfolgten Vormüttern bewußt als Hexen bezeichnen, vermuten in Frau Luna die stärkste Einflußmacht auf unbewußte Energiequellen. Sie glauben, daß die an Fülle gewinnende Scheibe subtile Kräfte ansteigen und parallel zu ihrer Abnahme wieder sinken läßt. Astrologisch orientierte Heilerinnen nutzen zunehmende Sichelphasen für Wachstumszauber, die verlierenden dagegen zum Bannen, Binden und Aufspüren verborgener Geheimnisse. Vollmonde aber werden nach urvertrauter Kalendertradition durch 13-jährliche Treffen, Feste und Riten geehrt. Ob die volkstümlich-abergläubische Vorstellung von der bösen Unglückszahl Dreizehn hier ihren Anfang gefunden haben mag? Die englische Ägyptologin Margaret Murray und der amerikanische Mythenforscher Charles Godfrey Leland sehen in heutigen Hexengemeinschaften, zu denen übrigens auch Männer zählen, letzte Überbleibsel des Diana-Kultes, dem ein Großteil europäischen Hexenbrauchtums entsprungen sein soll.

Tatsächlich gibt es Gruppen, die sich mit Bedacht "dianische Hexen" nennen, die heimlich auf einsam gelegenen Waldplätzen oder hinter verschlossenen Türen ihrer wiederentdeckten Himmelskönigin, nicht aber dem Gehörnten huldigen.

Es würde den Umfang dieser Schrift sprengen, wenn ich auf alle Sitten und Gepflogenheiten der verschiedenen gegenwärtigen Zirkel eingehen wollte. Eine Überlieferung scheint mir jedoch unbedingt erwähnenswert, nämlich das allmonatliche Anrufungsritual der Großen Mutter, eine Zeremonie, die als symbolische Herabholung der Mondin verstanden wird: Die Hohe Priesterin erhebt einen gefüllten Kelch gegen das volle Nachtlicht. Sie bittet die Göttin, den darin befindlichen Wein in aufbauende Mondkraft umzuwandeln. Wahre Hexen glauben, daß Kelch und Wein in diesem Moment zum spendenden Schoß der Allmächtigen, zum Mysterium ihrer Fülle werden, und allen Trinkenden Stärke und inneren Reichtum schenken.

Kultanhängerinnen bevorzugen weniger protzig-leuchtende Goldaccessoires, als dezenten Silberschmuck, weil Silber den sanften, kühlen Schimmer von Mutter Mondin am ehesten auszudrücken vermag.

Manche Leser mögen diese letzten Zeilen als rückständig und heidnisch, wenn nicht gar gotteslästerlich empfinden. Steckt in uns immer noch jenes früh eingeimpfte Gebot, alles, was nicht bedingungslos für Vater Jehova spreche, müsse zwangsläufig gegen ihn sein? Aus unschuldigster Kindheit arg- und wehrlos übernommene Denkschablonen prägen auch heute noch viele Vorstellungen von gut oder böse, erfolgreich oder nichtsnutzig, wertvoll oder wertlos, niedrigem oder hohem Niveau.

"SAT NAAM" hieß das fünfte und letzte Initationswort längst versunkener fernöstlicher Lehren, die auf atlantische Runenkreise zurückgeführt werden. "SAT NAAM" bedeutet: Ich bin mir selbst mein eigenes Maß. Welch ein Lebensanspruch!

Nun ist es zweifelsohne bequemer, Richtwerte und Normen, mit der Aufschrift "Wahrheit" versehen, fertig verpackt entgegenzunehmen. Sie suggerieren die scheinbare Gewißheit "richtig zu liegen", einer geschützten Gemeinschaft Gleichgesinnter anzugehören.

Aber alle geistigen Fortschritte, unsere wichtigsten Erkenntnisse, Entdeckungen und Erfindungen, wurden nicht im Schoß der Masse, sondern im stillen Alleingang einzelner Außenseiter geboren, als diese es wagten, eingefahrene Gleise zu verlassen, um neue Gedankenwege einzuschlagen. Innere Eigenständigkeit, ein Sich-nicht-an-

Regeln-halten war, ist und bleibt eine wesentliche Voraussetzung jeder kreativen Leistung.

Albert Einstein, einer der bekanntesten Denker unserer Zeit, der durch seine Relativitätstheorie jahrtausendelang gültige Auffassungen über Zeit und Raum aus den Angeln hob, gab seinen Studenten den Rat, wenigstens einmal täglich bewußt intuitiven, unkonventionellen Ideen und Vorstellungen nachzuhängen.

Selber denken macht kritisch und manchmal sogar einsam. Aber es vermittelt auch ein Gefühl für individuelle Stärke und Selbstverläßlichkeit. Selber denken erhöht die Intelligenz, stabilisiert das Gefühlsleben und schenkt befreiende mentale Unabhängigkeit.

Ich glaube, daß es eine unserer wichtigsten Aufgaben ist, eigene Einsichten zu gewinnen und freiwillig, aus Überzeugung, nach ihnen zu leben.

Ob wir unsere Anleitungen aus der Bibel oder den vorchristlichen Schriften, aus der Musik, aus der Natur, aus dem Kosmos, der Wissenschaft, aus heidnischen Riten oder aus unserem Unterbewußtsein zu erlangen glauben, bleibt letztlich gleich.

Jeder so wie er mag. Nur das Resultat zählt. Vielleicht gibt es soviele Wege und Möglichkeiten der Vervollkommnung wie es Menschen gibt?

Mondmeditationen sind die ältesten Pfade.

So sehr sich der moderne Globus von der Mutter Erde unserer Voreltern auch unterscheidet, haben Kosmosweite, unzählbare Sternenschar und lunare Wechselspiele doch nichts von ihrer urtümlichen Faszination verloren. Sie lösen Empfindungen aus, die den aufgeklärten Menschen nicht weniger als einst Adam und Eva berühren. Und wenn wir uns wirkliche Muße und Ruhe gönnen, kann es geschehen, daß unbekannte Emotionen und archaische Eingebungen in uns aufsteigen; bald beginnt die Kleinheit der eigenen Existenz bewußt zu werden.

Wer diese Erkenntnis eine Weile ertragen kann und weiter im Dunkel der Nacht auszuharren vermag, wird irgendwann eine zarte Ahnung erlangen, daß persönliches Dasein, obwohl winzig, keinesfalls unbedeutend ist. Als ebenbürtiges Glied in einem langen Reigen hat jeder Mensch einen Part zu spielen, von dem es, weiß Mondin, nicht einerlei ist, ob er gut oder schlecht oder gar nicht erklingt.

Mondmeditationen sind Ursprung aller sakralen Zeremonien. Wenn es ein verborgen schlummerndes, kollektiv unbewußtes, religiöses Wissen in der menschlichen Seele gibt, wird es hier am ehesten aufzuspüren sein.

Ob wir auf eine erdhaft bedingte Wiedergeburt, auf eine Weiterentwicklung in unvorstellbaren, unbekannten Dimensionen oder auf ein Zurückfließen in eine allesumfassende Allseele hoffen, die alte, monatlich neu demonstrierte Botschaft von der unlösbaren Verknüpfung zwischen Tod und Leben spiegelt sich heute wie eh und je am Himmel wider. Der kosmische Fingerzeig, daß nichts endgültig festgelegt, daß Kleines groß und Großes wieder klein werden kann, daß alles Bestehende gerechterweise gleichermaßen auf Veränderungen und Wechselfälle stoßen muß, wird sich auch diese Nacht finden lassen. Spielregeln des Lebens. Wir müssen nur hinschauen.

Wer sich Mondin zuwendet, wird niemals leer ausgehen. Immer wird er inspiriert, gestärkt, beschwingt oder beruhigt in die fordernde Helligkeit des Alltags zurückkehren. "Eine leere, öde Steinwüste", ließe sich entgegnen.

Das mag sein. Doch mir gehen die unzähligen Gebete, Anrufungen, Wünsche und Sehnsüchte, die seit Anbeginn menschlichen Denkens zu ihr emporgesandt wurden, nicht aus dem Sinn. Kein Ort, kein Heiligtum dieser Welt wurde wie sie mit derartig vielfachen Emotionen überschüttet.

"Mond, o Mutter Mond ..."

Sollten wir sie wirklich vergessen haben?

Literaturverzeichnis

Abel, E. L.: Die geheimnisvollen Kräfte des Mondes, München 1976

Andreas P./Rose Lloyd Davies: Das verheimlichte Wissen, Interlaken 1984

Abendroth, Heide G.: Die Göttin und ihr Heros, München 1980

Abendroth, Heide G.: Die tanzende Göttin, München 1982

Bachofen, Johann Jakob: Mutterrecht und Urreligion, Stuttgart 1954

Barth, Ariane: Die Macht des Mondes, Spiegel Nr. 17, April 1987

Baumann, Hermann: Das doppelte Geschlecht, Berlin 1955

Beauvoir, Simone de: Das andere Geschlecht, Hamburg 1976

Besant, Annie: Esoterisches Christentum, Leipzig 1903

Bettelheim, Bruno: Die symbolischen Wunden, München 1975

Beurmann, Arno: Der Aberglaube der Jäger, Berlin 1961

Bibby, Geoffry: Faust - Keil und Bronzeschwert, Erforschung der Frühzeit des europäischen Nordens, Reinbek bei Hamburg 1972

Borchers, Elisabeth: An den Mond, Frankfurt/Main 1986

Chang-Chung-Yuan: Tao, Zen und die schöpferische Kraft

Däniken, Erich von: Aussaat und Kosmos, Wien 1972

Deschner, Karlheinz: Das Kreuz mit der Kirche, Wien 1974

Donovan, Frank: Zauberglaube und Hexenkunst, München, Bd. 11124

Dörr, J./Hermann, Leni: Esoterik - was ist das? Düsseldorf 1984

Eichhorn, Werner: Die Religionen Chinas, Stuttgart 1973

Erman, Adolf: Die Religion der Ägypter, Berlin, Leipzig 1934

Frazer, James Georg: Der goldene Zweig, Köln/Berlin 1968

Frischbier, Hermann: Hexenspruch und Zauberbann, Berlin 1970

Gaube, Karin/von Pechmann, A.: Magie, Matriarchat und Marienkult, Reinbek bei Hamburg 1986

Gauquelin, Michel: Macht uns das Wetter krank? München 1975

Gould Davis, Elizabeth: Am Anfang war die Frau, München 1977

Grützmacher, Prof. Dr. R.H.: Vorderasiatische, afrikanische und amerikanische Religionen, Leipzig 1937

Güttler, Adalbert/Petri, Winfried: Der Mond, Heidelberg 1962

Haber, Heinz: Unser Mond, Stuttgart 1969

Haining, Peter: Hexen, Oldenburg/Hamburg 1977

Halkes, Catharina J.M.: Gott hat nicht nur starke Söhne, Gütersloh 1980

Halkes, Catharina J.M.: Suchen was verloren ging, Gütersloh 1985

Hansen, Harold A.: Der Hexengarten - Zauberkräuter des Mittelalters und ihre Wirkung, München 1987

Heckert, Dr. med. Hilmar: Lunationsrhythmen des menschlichen Organismus, Leipzig 1961

Heumann, Dr. H.: Geschichte für morgen, Frankfurt/Main

Hunke, Sigrid: Europas eigene Religion, Bergisch Gladbach 1983

Jahn, Ulrich: Hexenwesen und Zauberei in Pommern, Niederwalluff bei Wiesbaden 1970

Juhl, Eduard: Im Ringen mit Satans Reich - Aberglaube und Zauberei, Berlin-Dahlem 1926

Khuon, Ernst v./Siefarth, G.: Mondflug in Frage und Antwort, Düsseldorf 1969

Klepzig, Fritz: Kinderspiele der Bantu, Meisenheim am Glan 1972

Köberlein, Ernst: Caligula und die ägyptischen Kulte, Meisenheim am Glan 1962

Kohlenberg, Karl F.: Enträtselte Vorzeit, München, Wien 1970

Kutscher, Gert: Chimu - eine altindianische Hochkultur, Berlin 1950

Laurence, E.A.: Kosmische Mächte, Bergisch Gladbach 1982

Läpple, Alfred: Der Glaube an das Jenseits, Aschaffenburg 1978

Leicht, H.: Indianische Kunst und Kultur, Zürich 1944

Lieber A. L./Agel, B.: The Lunar Effect - Biological Tides and Human Emotions

Luce, Gay Gaer/Segal, Julius: Der Mensch verschläft ein Drittel seines Lebens, München

Maertens, Thierry : Heidnisch-jüdische Wurzeln der christlichen Feste, Mainz 1965

Malinowsky, Dr. Bronislaw: Das Geschlechtsleben der Wilden, Leipzig/Zürich

Marzell, Heinrich: Zauberpflanzen, Hexentränke, Stuttgart 1963

Mbiti, John S.: Afrikanische Religion und Weltanschauung, Berlin, New York 1974

Mensching, Gustav: Toleranz und Wahrheit in der Religion, Heidelberg 1955

Meyer, Carl: Der Aberglaube des Mittelalters und die nächstfolgenden Jahrhunderte, Hildesheim/New York 1971

Miegga, Giovanni: Die Jungfrau Maria, Göttingen 1962

Mollenkott, Virginia R.: Gott eine Frau? Vergessene Gottesbilder

der Bibel, München 1985
Mullak, Christa: Die Weiblichkeit Gottes, Stuttgart 1983
Mullak, Christa: Maria, die geheime Göttin im Christentum, Stuttgart 1985
Müller, Rolf: Sonne, Mond und Sterne über dem Reich der Inka, 1972
Nielsen, Ditlef: Die altarabische Mondreligion und die mosaische Überlieferung, Straßburg 1904
Preuss, Prof. Dr. Konrad Theodor: Religion und Mythologie der Uitoto, Göttingen 1921
Rahner, Hugo: Symbole der Kirchen, Salzburg 1964
Rinne, Olga: Die Zeiten der Magier - Lesebuch zum Okkultismus in Europa, Darmstadt/Neuwied 1983
Rush, Anne Kent: Mond Mond, München 1978
Schmidt, Phillip: Dunkle Mächte, Frankfurt/Main 1956
Schreier, Josefine: Göttinnen - ihr Einfluß von der Urzeit bis zur Gegenwart, Wien 1968
Seleschnikow, S.I.: Wieviel Monde hat ein Jahr? Moskau 1981
Sementowsky, Nikolaus von: Der Mensch griff nach den Sternen, Zürich/Stuttgart 1970
Sharamon, Shalila/Baginski, Bodo J.: Kosmobiologische Geburtenkontrolle, Durach 1988
Shahar, Shulamith: Die Frau im Mittelalter, Frankfurt/M. 1983
Shuttle, Penelope/Redgrove, Peter: Die weise Wunde Menstruation, Frankfurt/Main 1980
Stäubli, Hans Bächthold: Handwörterbuch des deutschen Aberglaubens, Berlin/Leipzig 1934/35
Sundén, Hjalmar: Die Religion und die Rollen, Berlin 1966
Tokarew, S.A.: Die Religion in der Geschichte der Völker, Köln 1980
Watson, Lyall: Stimmungsschaukel. Lithium gegen Depressionen - die 3. Revolution in der Psychiatrie, Zürich/München 1979
Zinserling, Verena: Die Frau in Hellas und Rom, Stuttgart 1972
Mythen der Völker, Frankfurt/Main 1967
Wörterbuch der Mythologie, Götter und Mythen im alten Europa, Stuttgart 1973
"Die Planetenzusammenhänge der Bäume", Reportage über ein zukunftsweisendes Waldprojekt, Max von Limbacher, Reinbek bei Hamburg 1986
Lebendige Erde, Ausgabe November/Dezember 1987: "Zur Frage der Wirksamkeit kosmischer Rhythmen und Konstellationen", Dr.

Hartmut Spieß

Peter Moosleitners Magazin, Juni 1986: Die Katastrophe, die den Mond schuf

Peter Moosleitners Magazin, Oktober 1987: Und wenn es doch angeborenes Wissen gibt ...

Peter Moosleitners Magazin, April 1988: Ihr Gehirn ist einmalig